青山有幸

鲁薇 著

清华大学出版社
北京

内 容 简 介

2021年是中国共产党建党100周年，作者创作了100首诗歌，结集为《青山有幸》。全书分为"心中的群雕""有一种热爱""黄樨絮语""我的孤独是一座花园""香江无梦"五个部分，以此纪念父亲、母亲，以及为新中国奉献了青春和生命的老一辈革命家。

本书是一本励志的诗歌集，语言质朴、情真意切，有往事的回忆，有亲情的歌颂，更有对崇高理想的坚守。作者曾出版诗集《守望惟霞》，广受朗诵爱好者欢迎，此诗集《青山有幸》与之堪称姊妹篇。

本书适合青年学生和朗诵爱好者阅读。

图书在版编目（CIP）数据

青山有幸 / 鲁薇著. —北京：清华大学出版社，2021.7
ISBN 978-7-302-58440-7

Ⅰ. ①青… Ⅱ. ①鲁… Ⅲ. ①诗集－中国－当代 Ⅳ. ①I227

中国版本图书馆CIP数据核字(2021)第111795号

责任编辑：杨爱臣
封面设计：傅瑞学
责任校对：王荣静
责任印制：杨 艳

出版发行：清华大学出版社
　　　　　网　　　址：http://www.tup.com.cn，http://www.wqbook.com
　　　　　地　　　址：北京清华大学学研大厦A座　　　邮　　编：100084
　　　　　社 总 机：010-62770175　　　　　邮　　购：010-62786544
　　　　　投稿与读者服务：010-62776969，c-service@tup.tsinghua.edu.cn
　　　　　质 量 反 馈：010-62772015，zhiliang@tup.tsinghua.edu.cn
印 装 者：三河市春园印刷有限公司
经　　销：全国新华书店
开　　本：148 mm×230 mm　印　张：17.25　插 页：5　字　数：220千字
版　　次：2021年7月第1版　　　　　印　　次：2021年7月第1次印刷
定　　价：89.00元

产品编号：092957-01

谨以此书献给我的父亲、母亲，以及为新中国成立奉献了青春和生命的一代人。

我的父亲母亲

熔炉锤炼记犹新　甘苦霜霖
六十春秋血汗纷飞烬素志光
华沐浴铸丹心欣遂盛世
沧桑变万感党恩江海源
淡泊一生以未悔平凡做印
吟清芳　八秩述怀
　　　鲁芳
　　　乙亥年二月

父亲手迹

1982 年作者在北京大学未名湖畔

2019 年作者在北京大学未名湖畔

2020 年人民大会堂庆祝国庆

2021 年参加北京政协会议

目　　录

一　心中的群雕

热爱模糊了的远山
信任永不变质的泪滴
用一份忠诚和淡定浸润心底
砌垒安顿心灵的主题

红船带我再远航

一

百年江水的激流里
我在寻觅一艘红船
喊来一场夜雨
远远地，看见镭一样的火种
一条船的话语燃烧至今
把它看作毕生凝视的象征

虽然战争的岁月已经远去
柴火燃烧的声音也很安静
镌刻在心的长河里
那些苍老年轻的人与事
不只在书籍、电影、视频
从熔炉中飞出的火星碎片
把牺牲者的梦想
和普通人的信念写进霜鬓

二

山水间，想到遥远的故事
伸手触到一抹孤峰和白云
共和国的脚手架上
移动一幕幕场景——

最先唤起的
嘉兴南湖打开历史的胶囊
一遍遍带我们沪上探寻
四一二枪声硝烟无情
南昌起义惊雷长日留痕
镰刀斧头的队伍行至生死边缘
遵义会议竖起了指路的舷灯

大地没有一句废话，默默地
不会错过雪山草地每一道印纹
和平时代的人难以想象——
前有寇敌阻挡，后有百万追兵
滚滚延河水洗涤滴血的伤口
宝塔山穿梭抗日来回的共鸣
三大战役毛泽东用兵如神
凋零王朝只能选择
岛屿栖身的宿命

有一种新生被涂上红色颜料
把我的心情也洗成了干净的天空
不只北斗是仰望的高度
还有容易消逝的星星
在汉白玉人民英雄纪念碑上
镌刻下成千上万"最可爱的人"
一盏一盏灯有节奏地亮起
平凡的含义，负托着宏大的属性

三

昨夜的月亮搁浅在海滩
我们重新辨认准确的方位
感觉哪个星体的光束离它更近
热望，正从天山向上堆积
我理解落后发自肺腑的骨与痛
持续挖掘它拥抱世界的功能

没有人留意黎明前的蛰伏
从晨光熹微，到海上
第一缕阳光返升
不停地从一个起点向终点靠近
又从终点向另一个起点进行
干涸的溪水恢复流淌而欣喜
改革的船舶飞溅起一路风尘
在哪一场雨之后
春天的故事里，描摹了中国梦

因为被锁链狠狠推了一把
第一枚原子弹的号外举国欢腾
当我们有了宝贵的青铜铸造桅杆
打破天堑的红船高歌猛进
长征火箭家族一直继续扩容
轨道是通往月亮、火星、冥王星
东风 –41 在天安门亮相的高光时刻
时代、国运、个人，眼泪纵横

一条大路、一路顺风领你进村

再也不用拄着木棍翻山越岭
尽管墙根街巷藏着无数岁月的密码
网络已铺畅，快递走农家
把舌尖上的滋味卖给城里人
在一个山坡上种下麦穗的风姿
圆润的荷花边绿叶漂浮萍
历史博物馆正在招募"老三件"
作为国家和历史的一段见证

四

日出东方，仰望者多么青葱
也不遗漏太平洋岛链的瓶颈
高处的陡峭像一把锐利的冰斧
持续锤击长城的后背
沿途，尽是墨蓝色的创痕
其实战争的阴霾并没有走远
有一种蝉鸣组成令人生厌的合唱
从来没有和平上升到同一星空

淋湿过的旗帜上
有一种更深刻的陡峭决心
新鲜的雨滴适合决断和牺牲
与蛀虫交锋刚刚赢得一次完胜
百年红船再远航——
永远清醒的大海啊
迎来一支队伍，年轻的神

心中的群雕

一

一个很晚才知道的故事——
根据地今晚演戏
奔走相告都欢喜
回到窑洞拿马扎
钱箱放在坑角里
爸爸抱着这箱子
等到战友看完戏
一句忠言不逆耳
全部真诚与深意
这是办报的经费
要用生命来保护
用尽全力来管理

一个简单的过程
一种忠诚的耸立

二

闭上眼睛
浮现出爸爸、妈妈
无数个
伯伯、叔叔、阿姨

他们是群星
璀璨过万水千山
他们是群像
变成了历史的回忆
可是，在我的心间
抬头是他，低头是你

一九三一的抗日烽火
燃烧了浴血的青春之歌
一九四九的簇新起点
蓝图上刷新起跑的步履
献给时代和历史
有你们全部的生命与过去
多少行在高山行军的足迹
多少束向遥远点燃的火炬
多少夜窗口不熄的灯盏
多少件田垄上共享的斗笠
最艰辛的时代
锤打了最坚硬的铁壁
最有限的营养
栽培了最丰富的茂密
是谁真正地感动着我们
不能对写就的历史猜谜

三

每一片叶子印着信念的晨曦
他们不会背叛与大树的盟誓
哪怕遭遇委屈、雷击

像向日葵一样沉默不移

当流星在夜幕云端闪过
大地裹挟着浓厚的寒意
袖标捆绑住飞翔的双翼
口号勒紧了心痛的触须
他们被关进牛棚和监栅
无法与喧嚣辩论真理
在西北风的中心
侧耳听到霜的烦恼
在祖国的胸膛上
倒下一排砥柱中流的身躯

心有多沉重
雨却不迟疑
我在悄悄地哭泣
沙滩上的仙人掌
沉稳的眼神不曾躲避
四月清明，铅云低垂着挽联
纤绳深许，打不倒的三八式
大浪淘沙，抖落喷墨的乌贼
十月霹雳，重焊失修的路基
在坚持的位置
为了热爱的旗帜
日光下的马蹄莲
是敬爱的周总理喜欢的花语

四

苍穹出现了鹰隼的影子
盘桓着，寻觅目标的踪迹
像流矢一样疾降下来
啄食共和国的脊梁和根基

有人戴着面具和手套
正在虎视眈眈地阉割权力
变形的灵魂
掩不住贪婪的表情
虚伪的蛐蛐
高声朗诵着普世小曲
向前方行进的高速列车
发出刺耳的咆哮向后倒去
一团云遮雾
一声长叹息
权力什么时候关进笼子
这不是一道无解的难题

夕阳无限好
丧失了最后的回音壁
把头靠在太行山腰上
远征的双足已经疲倦乏力
伟岸的身姿不再伟岸
沉甸甸的稻穗难再致意
在太行山上
最后一次相聚的结束曲
他们陆陆续续地

走进父亲怀念的诗集
一个个曾经光辉的名字
化成一行行蘸泪的绝句

五

生命是一树花开
只要阳光在
春来冬去都是你们的花期
一米米金黄
在心中穿来穿去
吸引我走向密林的浓郁
不知道自己能找回什么
目光却愿意在那里伫立

一尊尊意志的化石
创作了一代人的传奇
奉献到竭尽全力
是否也感动过自己
虽然通过了凯旋门
并不想青史留下戳记
那持久的悲壮还在于
忠诚的另一个名字，正义

告别是一场秋雨
一块块青石碑
把历史与时代的沉重高举
在追求本身寻找真谛
让我们的思想再次相遇

背叛被钉在耻辱柱上
窃国的蠹虫爬上旗杆的肩膀
刀箭并举
洒下满地碎玻璃
推开一扇窗
明亮起来的是东边的虹霓
在你们长眠的墓地
孤寂的枯萎取得一线生机

你们的生命是一条大河
滔滔江水连绵不息
在你们的岸边
我将重新美好地成长
不管天空晴与雨
为了同一个信仰
有一种忠诚延续

青山有幸

假如一栋倒塌的瓦房还能伫立
玉兰树还能和我相握言欢
假如天边水洗的云朵突然掉下来
伴随着墓碑前的一幡青烟

尽管人生的蜇痛难以擦拭
答案却不在雕刻的光盘
尽管语言的波涛永远覆盖着我们
从心底里向您问一声早安

—

父亲的故乡是黄土掩盖的高原
扶贫的星火带走它的沉淀
桥把自己慢慢筑入天空
路把希望像风一样拓宽
4G 缩短了和世界的距离
5G 的时代已经站在面前
让现代化的血液
流淌进祖国的每一寸土地
通红的炉火在鼓面上燃烧
可以仰望，也可以俯瞰

登上一座抹绿的峰峦

逶迤的长城拖着彩虹停在天堑
新长征仍然在阳光下进行
仲夏夜的延河水倒映灯盏
青山有幸遇到了一个飞翔时代
把落日改装成亿万个小康家园

无须提醒自己
中国已不是那个中国
北斗导航，打开一个春天
磁浮列车飘过蜻蜓闪光的脊线
奋斗者号驶向万米深海
嫦娥五号带回家盼望的月壤
组织起来的中国人就是不一样
有人喊出第一声道白
就抖开了人间的水袖花瓣

二

正在经历一个漫长的季节
2020 再降春寒
忧伤的鸽子一个接一个倒下
等我们体会到它的殚竭
已经太晚
暮晚和鸽群日夜祈愿
溢出一个清明的阴雨天

至暗时刻，考验
生命砥砺命运的硬度
人命关天是夜夜不眠的宿念

一支逆行者的队伍
不等月亮拉满银色的弓弦
血液的热度和流向
毫不犹豫地选择了最难

虽然毒霾张开贪婪的口
虽然漩涡眨着险恶的眼
他们已经进入跑道
即使身负重伤
正致力于——
砍去被袭击的枝叶，分叉，藤蔓
从浓荫里稠迭的鸟鸣开始
击碎的是病毒变幻的疲倦
同样的故事守护国门
和她身后的万水千山

三

同一盏落日下
世界却有迥异的雨覆云翻
谁在沦陷的西方逼我认错
谁在重复无法指认的谎言
黑夜与雾操控着乌云的坡度
生死时速里有多少冷枪暗箭
难道，这是一场离得最近的战争
不管明天和意外哪个先来

行走百年
早就有了鲜明的性格

练就了随时坠入谷底的淡然
哪一个春天不是绝处逢生
哪一个春天
没有经历过生与死的劫难
傍着去年的遍地刀痕
交迭国运博弈的烽烟
雨水顺着渠堰试了多少次
幼苗们刚刚长出地面
他们不会透过别人的眼睛去看世界
潭水一样的眼神就是承担
在耸峙入云的墓碑下
摆放着一束高山下的花环

我代父亲看阅兵

——观看九三天安门阅兵仪式之感

一

我想拂去墓碑上泛黄的叶子
它们在层层泪滴里浮动沧桑
悲哀之中也有一丝心动
九十七年的生命能实现多少梦想
把日历一页一页往回翻过
您把理想放在最高的地方
七七事变卢沟桥一声枪响
将纤绳勒进年轻的肩膀

九百六十万平方铁蹄横行
欲踩踏母亲伤痕累累的乳房
为了脚下的寸寸疆土
为了蒙受的霹雳、欲血、悲怆
把青春和生死系在腰间
还有手榴弹、驳壳枪
年轻就是血气旺

吞一把干粮袋里炒熟的黑豆
喝一口河水不在乎冰凉
大刀向鬼子们的头上砍去

是男儿就要有血性和阳刚
走进沙场，也许
会在那里牺牲
您对我说
我的姥爷为了做"大写的中国人"
坚决不当维持会长
蓄须明志，倒在山间苍茫

青山上的野草燃烧着
祖祖辈辈
痛苦的仇恨
五月的鲜花
染就了抗日志士
溅血的风霜
哪怕剩下一个人也不跪下
狼牙山五壮士不是成仁的绝唱
为了民族的这段崎岖
为了天空从苦难的云层挣脱
让子孙再也不见狼烟刀剑
母亲不用背着婴儿背井离乡

二

把日历一页一页往后翻去
从青年到中年
从星星到夕阳
岁月河流里
您成了刻在心头的雕像
我想让您从此安详

可是今天却多么希望
不管您的灵魂飞向哪里
请准时来到天安门广场
或者让我淘气的手把闹钟拨响
敲醒您透明的玻璃窗
我陪着您
再看一眼三军列阵
鹰击苍空
七十年不褪色的雄壮

无边无际的是黄河波澜
无穷无尽的是青春回放
闭上眼睛想象吧
游击队、地雷阵、青纱帐
平型关、台儿庄、小米加步枪
义勇军进行曲、战斗在太行山上
绯红的黎明正欲喷薄
穿过生与死的界限
迎接神舟遨游、蛟龙入海
航母起航……
您最愿意回顾胜利的流淌
浮现出所有的笑容和慈祥

三

脚印不一定都能到达
光明的山顶
血液离开心脏后
丧失了最后的力量

在生命停止的地方思想前进
一枝白菊正在我的案头绽放
我在天安门广场伫立
代表您，是您重新命名的序章
血脉同心
一起聆听军号飞扬
两代人之间
交织着万古常新的目光

在花岗岩奠基的底座上
一座不倒的石碑
相信它是心灵罗盘的磁场
厚天下之利者得天下
阻断毫无意义的喧嚷
尽管颠覆者千遍万遍地诅咒
却没有勇气打败古老的城墙

把黄土地和国旗放在心里
父亲是铭刻的寓言和仰望
要是不敢承担欢欣与悲痛
灵魂怎么会像您
水一样透明
火一般晶亮
让您的诗行随着我继续跋涉吧
合唱般的欢呼
在金水桥上跌宕
掀起滚动的千万层热浪
一群群白鸽飞来
落在我的身旁

愿意一起翱翔
可是，您告诉我——
尽管今天刷新了起跑线
觊觎中国的战斗仍然很长

薪尽火传

当我开始整理父亲的诗集
理解一代人的从前
远方和信念
很想念那些旧日的故事
感觉在读一座山
烽烟三千丈
苍茫山水间
有无数啼血的杜鹃
坚峻的梦，使河山温暖

深夜里，反复阅读一行诗句
夺眶而出的一滴泪
也许是涨潮的海面
告别不是亲情的终点
也不仅仅清明泪洒墓前
生命是一树花开
灵魂是一部厚重的词典
百年就像孤独的陈酿
韵味悠长，在灵山婉转
海到尽头天作岸
厚重和芬芳生长在心里
构成一片馈赠的高原

亲情守望漫天的惟霞

紧紧搂住父辈的心愿
爱，是无法熄灭的信仰
传承，是飞翔和坚韧的支点
从痛彻心扉的时候开启
一个又一个的波涛
在我身上撞碎百感
唤醒我一路播种火捻
有一种承诺包含家国情怀
有一种力量关怀雨冷风寒

头顶的月牙不会隐没
心底的孝行不匮不断
渐渐地
周围的米兰和白杨纷纷点赞
自从经历了那一番晨霜
抖落枯枝换来满树花瓣
命运开始眷顾疲乏的纤绳
意想不到的风景步步采莲
虽然从不相信运气的射线
但清醒善有善报并不遥远

当你突然遭遇海棠谢幕
山峦坍塌覆盖了地平线
请记住
除了在墓碑上
洒下流泪的感言
也要清理内存的鸡零杂念
用嘴巴和眼泪换取财产
宅家燕雀叽叽喳喳论长叹短

骨肉相连
亲情的真谛是薪尽火传
回到他们坚持的位置
收藏起
差点被遗忘的侠肝义胆
让怀念搀扶
跌倒的灵魂
遥远的故事
不会倾斜式地搁浅
血液的瀑布
传递着在天之灵的庇佑
百年恩泽
铺就仍然发光的路面

回忆的味道

我们曾经拥有深情的天空
祖国那时候还很年轻
在建设的隧道里匍行
头顶戴着熏黑的矿灯
一穷二白是什么模样
回头瞭望身后的耕耘

翻遍了记忆中
描绘一个时代的主题
遥远到底是什么神情
青春吹着口哨响起串串银铃
花儿朵朵划起双桨层层波纹
从垂柳上摘一片嫩叶
从荷叶边掬一捧青萍
我们的欢乐是向着太阳微笑
我们的梦想是家与国的兴盛

虽然已经走过了立春
天地间依然有料峭北风
空气中残存着火药的味道
风吹树动留下来累累伤痕
红海洋里飘凌的沸腾
父亲关进牛棚的阴沉
拥抱广阔天地的迷惘

复制的梦魇扑灭星群
不是一切苦难都有人陪伴
一路走来的歌声也有停顿
我们的悲伤是国家的命运
我们的成长总在浪头涛峰

从飘逝的花头巾日夜兼程
潮起潮落卷走隔夜的聪俊
孤独的吉他
冲不破拦路的顽石棱角坚硬
嘱托的橄榄树
丢失了热恋的郁郁葱葱
不止一个背影
走进了盘旋蓝天的黑色鸦群
一只买进卖出的股票
醒来无处觅，来去皆如风
任高速的车阵穿越城门
任虚伪的平静古刹苔深
每个人都有自己的修行
凝露的秋藤捆绑着脱落的根

已经走了很远很远的云筝
一次次蜕壳总被灼醒
曾经悄悄地问过自己
为何要与国家一起负重
挂着眼泪的笑窝感动
勒在肩上的渡船纤绳
山巅不可言喻的表情
信赖绝不犹豫、后退

发抖的个性
无条件、无悔恨
为你变得坚强
相信你的眼神
纪念碑拭净的底座上
表达了一种明白无误的痴情

安顿心灵的主题

想找一个地方看落日
盘旋的硝烟
乌黑的枪口
已经成为燃烧过的遗迹
有山峦也有深谷
有巉岩也有拍击
湖面上还有涟漪
又飘来了暴雨
闪电将高压线的影子拉长了
不可捉摸，无法解释的
被称之为神秘

河山一脸黄昏的时候
血在动脉中打盹
春色无人打理
那些卑鄙的人暗藏杀机
他们为自己贪婪的心理
伸出肮脏的手，身后
肉在锅里熬出浓烈的香气
忧伤划过了岁月
谁悲谁喜
一道弯腰太深的曲线
也许终有一天会弹起

迎面劈立的悬崖
紧紧揪住
憔悴的枯枝
西风和东风开始下一盘棋
谁说天空累了
星星已经泄气
脚下乱花覆一溪
并没有被光芒照亮
沉陷到了更加暗黑的土地

谁说当白昼不存在
早晨就不再闪耀
凿倒一排松树
道路也不能被修改
任何风雨都吹不灭一盏灯
追逐苦难年代升起的硝烟
涂上颜料的迷路
已经没有意义

群山坐下来
一朵最安静的长虹
守望着落日的含蓄
有一种永远叫等待
凝固的温度可以如此执意
谁的灵魂没有一团火
雪点燃松枝，贴近春风十里
有一种永远叫寻找
一朵云一朵云地寻找
我的指尖有定位系统

撑旗者倒下的经纬度
翻译出心跳的痕迹

热爱模糊了的远山
信任永不变质的泪滴
用一份忠诚和淡定浸润心底
砌垒安顿心灵的主题

消失以后

太阳消失在山里
月亮消失在水里
它们是庄严的思想
我认识它后面的一团火
经过一生深思熟虑

太阳消失在山里
月亮消失在水里
它们是梦境的低语
我知道翅膀飞过的痕迹
追踪紫微的含蓄

我想拥抱太阳
在光束的顶端
太阳能打开多大的穹宇
从这个星系到那个星系
仰望是一种仪式
您的所在是唯一地址
我深深地鞠了一躬
却是一个孤独的瞬息

阳光总是走得很慢
向着夕颜降低的边际
好像遥不可及

有人说，燃烧激情的原料
没有时代的责任更替
泥土这般冷硬
只要把手伸进去
就会洗出血迹

我想拉住月亮
凝固的月光长着
长长的睫毛，谜一般地
给我留下深刻的皱纹
和那些不敢触摸，远去了
幸福的昨昔
我苍白得像一朵云
包含太多的雨水
溶解在山的水里
水的山里

黑暗中的一只萤火虫
此刻追踪的是什么
每个人都有自己的故事
月亮在额头上缀满秘密
一个标着箭头的指示
被我写进故事
千篇一律的乌云
有多少黛色藏匿博弈

在太阳底下掐下清晨
却遗落在更深的月夜里
无力填补这巨大的空白

永不入睡的眼睛
也许被一滴雨打入地狱
百孔千疮的血液和理想
打扫不完，两个年代
不同战场的意义

太阳消失在山里
月亮消失在水里
山在不同的高度
水在不同的位置

青山如故

乌鸦叼走最后一枚太阳
夜横冲直撞
好几条山脉倒下了
悲伤的人，一直忍着悲伤
那个燃烧的七月
火焰，已被牺牲秘密更换
丹霞的长卷，唯有鲜血点亮

一个山头挨着另一个山头
鞠躬时，它们在缓缓下降
一半生命在烽烟四起战场
一半生命为山黛装饰昂扬
他们用神勇拱卫了太行
让九霄灿烂的不仅阳光
祖国在上
有了颜色、图案、旗帜和声响
往事、今天、未来
在一根五线谱上荟萃、交融、徜徉

将碑的头颅
依靠在山的肩膀
有时那些山峦像朋友一样
落叶松的枝杈不再年轻
鹰的眼泪洒向四方

虽然岩石没有只言片语
有必要探讨牺牲的分量
当觊觎者变形成威猛的巨蟹
贪婪本能正在吮吸青山的营养
眉宇震落了旗杆上的黑影
在老树枯枝的手臂间投降
清醒，不是虚伪在酒杯中的倒影
开满白梨花的树上
永远不可能结出黑槟榔

脚下的泥土是您坚持的位置
种子离不开生根的土壤
百里太行，我只选一峰
漂泊的目光
找到一个支点眺望
不知道
怎样寻找那串坚定的脚印
夹在青山这本厚厚的书里
每一朵玫瑰都有隐秘的忧伤
眼泪里有忠诚
也有岩石与凝望
青山如故
他们的灵魂正在延长

在冰天雪地的山额
冻僵的手写下你们的名字
请在山的另一边静静休养
永恒，不需要悬挂黑色挽幛
既是痛苦，也是止痛药方

等待，明天早晨的篱笆墙
有一枚温馨的太阳升起
一直通往您的心脏
牵系着美丽的虹桥
我的光亮

内心的堡垒

一

我常常徘徊在流血不断的闸口
走回一条沧桑无情结痂的河流
一个熟稔的面庞隐现在波涛中心
丁香树没有看见我挥动的手

对这一片广袤无垠的土地爱得深沉
装着更大的天空和云朵飞翔的自由
拥抱它真实的意义在于
精神上有一座祈福的堡垒
哪怕我们曾经一无所有

二

我希望
风吹过整片枫树林的时候
不要给它们硌下一身伤痕
我希望
一片落叶别惊扰泥土的睡梦
翻译属于果实和花草的黎明
我希望
给孤独的铁轨明亮的表达
走了那么远的路为摆脱怀旧的负重

我希望
建造一个安顿心灵的主题公园
等待春天的臆想和秋天的论证

三

爱情是世界上最细小的词
只能落在一个人身上
爱是世界上最伟大的词
调节生命的宽阔和高度变量

明亮一直是少数人的事情
我们的周围挖掘出更多的黑箱
国歌不再是顶礼伫立的神韵
腥红酒杯驾驭了飞速穿梭的车辆

一个恹人的太阳选择伤口的位置
有人停顿了对历史和远方的猜想
披着音乐和睫毛上的露水
有一双等待黎明的眼睛

四

我不知道
背叛是什么样的
也许，故园的蝴蝶不认识我
我不知道
伤害是什么样的
也许，包括农夫与蛇的故事

我不知道
是谁竖起了梯子
又突然撤走了它
我不知道
捧着春意盎然的鲜花
说着无与伦比的谎话

幻想总是把破灭宽恕
冲锋误读寂静的断崖
一条乱石丛生的山径
上面印着遗留的狼爪

五

灯塔坐在天空裂开的缝隙
古老的群雕省略了烽火的过程
正在拭去窗玻璃上的薄雾
追赶彩虹，想索回
暮鼓对晨钟的提醒

太阳在低处依然照耀了山顶
生与死的秘密在那里感动
向忧伤的蔚蓝抛撒白色花瓣
从所有的道路上撤退
退回内心

风起长林

在一张张泛黄的相片里
我们微笑着，珍藏生活点点
一滴墨在眼前蔓延
笔尖的歌谣坍驰下来
湮没了一寸寸光阴荏苒

树活着用绿叶眺望
枯萎了就长出木耳的花边
草丛里缀满罂粟花唇
抬头看看太阳
窗外的夏天还在拖延

沉在水底记忆的倒影
里面藏着个飞旋的秋天
已把秋花秋叶纷纷击落
原来孤独是这样耀眼
想把一颗石头从心里取出来
水面上，看见了古老的昨天

早晨沏好的竹叶青
茶针慢慢散开，温暖而和缓
一把椅子，旁边堆满了书
或翻开了，或覆盖封面

年迈的嗓子沙哑了
中山装的衣袖一动不动
为什么不端起润润喉咽

岁月是凝固了的图像
每一扇门，都藏着
一个不能触碰的沉淀
每一缕风都有自己的名字
一根扁担，肩扛着家国的悬念
梦里的缤纷去了很久
翅膀倦了，蹒跚金色的麦田

生来不爱倾诉苦难
青铜像浸透了泪的锈斑
绿叶终将留下一树枯枝
在这里，进行过一次告别
燃烧将尽的夕阳
给我确定了方向
一生感悟的哲学
诠释出最经典的浪漫

所有的幼枝和新芽
必须再经历一番寒霜
我把灯举得高高
哪怕月亮并不圆满
可是当灵魂失去了庙宇
鸦阵就会投下阴影的眼圈
如果旗杆变成了锈色
暮色模糊了往日的誓言

用最安静的力量穿过尘世
您的眼睛向我最后一盼
北国的天空沉默不语
把一个个名字献给石碑的执念
我知道，这时候
细雨淋湿了
我的头发，也淋湿了憔悴的脸

风乍起，吹过依然空旷的苹果园
守园人静悄悄地孑然归来
我不想成为一棵树本身
而想成为它的意义
和岩石般沉重的信念
我将创造一个清纯的感觉
风中，飞扬的灵魂像金子一样
我会相信一切都是真的
哪怕，仅一瞬间

扶起灯盏

你是一只云雀，衔来一枚阳光。
——雪莱

落日无缺，像一枚新鲜的蛋黄
滑进夜不能自拔的水塘里
白昼的消失，夜晚的痛楚
每一个故事开头都有背景

去不了的地方都叫远方
缠绕着蛛网一样脆弱的神经
走来马车孤单的铃声
风中的等待将是无风
暮色已被枯枝包裹
最后的等待——
只有怀念旧日的丰盛
他的衣服还放在岸上
不断告诉自己，再等等

迷雾曾经合并了群峰
进行曲出现一次次停顿
虎视眈眈的旗蠹潜伏一隅
在蝙蝠的撺掇下传达口令
暴风雨窒息了飞扬的孤鸟
剩下支离破碎的片片羽翎

文字脱开竹简
键盘敲打着无中生有的雨滴
会思想的芦苇
闭上了昏昏欲睡的眼睛
有些候鸟字正腔圆已失去国籍
红爆竹偃旗息鼓跪于古刹苔深
从水泥上长出的蒿秆
为获奖的烟囱辩护，无异于
为毫无血色的人涂脂抹粉

在黑色的松林里寻找白色
推开墓园赤裸的栅门
青草和黄杨都比墓碑长得帅
墓碑还是那么年轻，没有皱纹
没有一尊佛记得你们的姓名
没有一颗星燃烧你们的剪影
也许这就是你们来过的意义
扶着灯盏的人
扶起一段迷途的朦胧

生命继续，每一天都有芳华
春天会诞生多少颗小星星
没有想过迷失
也不需要停顿
太阳升起的仪式
沿既定的轨道进行
被一束神一般的光芒牵引
伸出手，拨开雨后初晴
我们每个人手中握着

让世界变得更好的权柄

石头凭借色泽掩盖坚硬
脱下暮色，涨满理想的掌纹
一条道路，很难不动声色
一丝微笑，停在
镶嵌蓝百合的梦境
没有人知道
笑容里深刻的风声雨声
但是有人说
笑容背后
是紧咬牙关的灵魂

我想

一

让灵魂自由自在地飞翔起来
眼里储存的春风拂动一帘雪花
让一封尘封已久的信找到地址
银河的守望者蓦然回首无牵挂

让一棵树与一棵树的谈话
风也没能走漏它们的风声雷声
让一朵云与一朵云的相遇
一场银蛇乱舞不只为雨雪交加

让古老的石头拥有一份质朴
留得住万年沧桑千年书法
让音乐借助回声嘹亮山涧
重新绽放年华，一串串熟豆荚

让轻浮的蝴蝶没有造访的梦幻
骄横的冬风只留下宽恕和惩罚
让千万只燕子如不散的烟云
在密织的雨网中穿梭制作繁华

让我们祈祷诗歌的十字架
每一个人成年从此一树繁花

让一片安静的蔚蓝拾阶而上
朝休憩的心田倾泻，褪尽泥沙

让画眉鸟的歌喉摇落一树春雨
蝉声全面撤退，折断鸦群嘈杂
让雪人在烟花绚烂的除夕
迟迟不肯融化，尽情释放潇洒

让涨潮的太平洋敞开胸襟
容得下千帆过尽百舸争渡海峡
让眼睛看见星座日夜兼程
胸中丘壑万千，承担芳姿勃发

二

让飞鸟掠过岁月的留白
艰辛的历史在尘封里觉醒
让一粒火种点燃一束束火把
照亮自己也照亮北方的山崖

让狼牙山五壮士的故事重回课本
乌云像癣一样蠹蚀，山峦不能倒下
让邱少云的后代不再进入法庭
烟头写下谎言，一次未遂的谋杀

让泥土掩埋的忠骨长出一株大树
背后屹立着山与海、国与法
让红岩的后代逆风不怂
镌刻在花岗岩上的路标端正无瑕

让高原证明进行曲没有走调
正在等待黎明那一刻的朝霞
让纪念碑下的童声躬躬致敬
初开的花朵不再猜谜，重塑枝丫

坚固的高度

烽烟，凝固的血浆
封面上有一丛松竹
鹰击长空是其中的一页
黑色剪影睡着了
乌云的漩涡里
有一棵终年开花的桂树

一片被遗忘浸泡过的原野
树叶上，一滴不愿坠落的露
没有说出的还有更多——
岁月露出了一段残酷的文身
像撕裂的闪电抽打深谷
砥砺了一生，写下很多碑文
却来不及雕刻，自己
生平的光芒与遗书

晨曦向一棵草问路
窗外的鸟鸣
是追随者的阅读
不是一只、两只
是连续几代的飞鹊
聆听一个故事
从开始到结束

守护您不灭的梦想
赶走一道道包围的障幕
撩开透明的暴风雨
只留下黄昏和铜鼓
您曾经倾泻出无数鲜血
最终将梦想融化成彩舞
太阳烘干了每一朵温润的云
烧红的铁水，淬火后
变得更冷和坚固

我的心一点点开豁
像被掩埋的胚芽拱出黑土
青春的根茎化为一支长笛
把温暖传输
让每一粒葡萄都能背诵
晚夏阳光的乐谱
感受到了经典的寓言
伟岸不仅是渺小的高度

心的温度

曾经，他们
从黑暗中醒来，紧握光明
捧起共和国的领土
道路上空，云朵渐渐化为黑色
红色的鲜血完成清洗过程

留下精疲力竭的微笑
变成了太行山的一列石阵
生与死之间
也许存在一个湖面
我的眼睛飞向
星星照耀过的倒影
感伤的白鹤穿过一片沼泽
告别，是让人难以习惯的事情

顺着浩气英风的故事走下去
让先行者的悲歌继续抒情
也许，前世等待来生
即使能预见所有的变形
我依然愿意前行，因为
心的温度仍在
他们的指尖上
有着国家定位系统

当钢筋混凝土
困住我们的身躯
眼前，又有
一场离得最近的战争
我不安地打量着这个世界
蜘蛛网上，居住着觊觎的眼神
子弹在飞，陪伴着喧嚣杂音
历史额头上，涌动一条条皱纹

我不能宽恕
在雨中腐烂的柴薪
成为蛀虫的乐园
这世界充满了那么多的变故
落霞像一片片草稿落下
盖不住历史一页纸张的命运

他们，也许只是民族肌肤上一道青筋
为什么我们思念一个人
却仰望星辰
将再也见不到那轮明月
以蔚蓝色的名义辽阔无垠
即使黑云又要给天空增加负重
思想的丛林里早已精准扎根
山的尽头，青翠已朝向天边
每一片叶子里
都住着一颗星

入定的松木

被青春点燃的松木站起来
同样站起来的
还有被青春点燃的青枝和绿叶

拳头已经攥了很久
一团萤火，终于到了
释放血性的时候

太行山，麻田镇，不容摧毁的家园
高粱烧，油麻花，被风灌醉的核桃树

燃烧吧，烽火时代的愤怒
种下誓词和信念，致力于
集合无穷尽的柴木

燃烧黑暗的篝火
把热血变成了森林的平原
以及已经变成森林的
山峦、炎阳和天幕

划光了所有的火种
弹痕覆盖了青春的露珠
血光里，生长起纪念碑的丹柱

葱郁的风景不需要枯黄的叶
那些把青春留在火中的人
住进线装书里的山河，云飞渡

青石依然不停地忘却
蒙尘的勋章，在一道水涡里沉没
绚烂过后，剩下虚无的雾

故事是脚下的青砖、墓碑和凋枯
苍山的生灵，一岁一枯荣的旅途
除了满脸沧桑，已经入定的松木

一颗流星

一颗流星找到了它的去处
我从山顶跌进谷底
从日落行到日出
曾经依赖的岁月
缩小成一粒针尖
把它藏在心的后湖

剖开了一块青石的记忆
他们，曾经捧起共和国的领土
眼里储存着春风荡漾
点燃了一朵玫瑰，在队伍里
柔美而坚定地绽放
向着 1949 年的方位
从新出炉的齿轮中射出

看出来了，太行山的队伍
在回忆录和思念里开拔
丛中收藏着
枪声、硝烟
肺叶上的弹孔
戎装飒爽的风骨
不需要加冕，每一颗流星
都知道魂归何处

尽管，青山总是不停地忘却
任何风景都可能被模糊
星星只是简单地点缀
需要我们用一万年的时光阅读
也许，有一场离得最近的战争
没有淋湿过的舢板
要去浪里，试一试冬的残酷
虽然和平已不像从前那么安静
有一支忘不掉的老歌
后来人的灵魂决定不会分路

岁月无疆

我目睹了一片染红的枫叶
飘落的全部时间
想象一次生命
从生到死，是否能
和远方的青山一样古老

冬天来了
抖一抖睫毛
仿佛有雪花飘过
我需要这样一片雪花
目光沾满了雪汁和蔓草
熨一熨眼角
翻越群山，还在寻找
每一片枫叶里都住着一颗星辰
月亮下面
一杯煮酒，浸湿了一管长箫

夜深人静时总是发现
只有涛声叙述着英雄已经古老
他们——
曾经捧起共和国的领土
以移动的刀斧、剑刃和铸铁的土炮
背后一定还有枪林弹雨
每一个传奇都是一片波涛

坦然接收了不知数量的诡计
把满目清明写入九百六十万土地
十月红枫，拥抱十月秋高

把我的梦悄悄告诉一片枫叶
请求它传递给
千里之外的眉梢
人生是一场信念和誓词的前行
谁说死亡仅是一丛浓密的枯蒿
我们最终都要远行
和英雄的背影拍照
哪怕——
偌大的田野只剩下一个清明节
仍有篝火在鼓面上燃烧

请原谅我
忘了擦干泪痕
总是留意那条精疲力竭的小道
当我书写的时候，我的心
在每一个深夜都得到灌溉
依然忍受着塌陷的噬咬
绝望的事物仍然让人绝望
期待的事物藏身于一树红潮
一捧又一捧泪水不停地劝说
允许生命中有些许裂缝
阳光才能迈得进来闪耀

那些曾经仰望星空的人
如今成为了星空

永恒是人世间最坚固的荒凉
我还有多长的生命被他们照耀
希望有一次
当白露掠过生命的刺
收割这一岭被风灌醉的枫桥
风雪归我，岁月归你
——无疆
静好

有一种生命

不必向所有人倾诉
生命走向终点的苦痛
因为有一种生命
不是每一个人都懂

不必向所有人告白
生活的淡泊与忠诚
因为有一种生命
灵魂里没有觊觎的乌云
在共和国汉白玉的底座上
把浴血与高大的位置留给牺牲

不必让冻僵的手心
传递最可靠的春风
因为有一种生命
尽管和大地一起沉降
始终做着与风雪搏斗的梦

不必用太多语言
描述被夜的深沉吞噬的背影
因为有一种生命
正在穿过层层呼唤的密林
即使告别了太阳
也会与月齐升

不必让闭上的眼睛
寻觅墙外喇叭花攀缘的风景
因为有一种生命
倦了
知道有多少饱含仰望的眼神
睡了
懂得秋瑟枫红、雪落归鸿

不必用含泪的哭泣
目送一个刚刚结束的航程
因为有一种生命
在大海宽厚的胸膛上
划下了他渴望的航线
风桅和舵把交给我
召唤海鸥飞来笑看出征

无法选择幸与不幸
多少岁月多少峥嵘
如果生命的那一支圆号
戛然而寂，要求和声
尽管相伴的是一种残忍
我会和您一起
用坚强来支撑

二 有一种热爱

不要因为走得太远
就忘了我们为什么出发
不要因为绽放了年华
就忘了身后的屏障和萧杀

有一种热爱

北方的孤独把黄昏守望
南方的帆影躲过了鱼鲨
墨色的天空被尘烟晕染
吹拂旗帜的风吻落惟霞
缓慢秋天的褐色枝丫上
颤抖的叶片挽留凋零的山茶

谁把田野的罩单揭开——
该休息的都已经歇息
要沉睡的在那里睡下
一扇门从月亮上掉下来
把手和链锁掉进沼泽的低洼

时间走得太快
生命的花期爬过了我的皮肤
摇落了一树渴望缤纷的梨花
步履艰辛
跟不上大雁飞翔的挺拔
从窗户中看见一抹夕照
遥远的山顶上落日的袈裟

因为有一种执着存在
像一个孤单的星球
在茫茫海峡

寻求不甘被沉默掩饰的灯塔
像一枚忧伤的雷电
在苍苍原野
擦亮为呼唤自由生锈的喇叭

折断了多少根痛苦的纤维
几百年的深刻
思考不肯放弃挣扎
高昂的头颅
信念的傲骨
一个人前行的密码
不能是戴上镣铐的骨架
为了仰望一座高山
为了答复殷红的信札
我答应接过播下的火种
有一种热爱要用一生作答

——不要因为走得太远
就忘了我们为什么出发
不要因为绽放了年华
就忘了身后的屏障和萧杀
假如灵魂里溢满了喧响
就变成细雨去亲吻它们吧
石头般沉重的烙印
高原下黄檗的萌芽

等待春晓

每一片绿叶的经脉里
都搭载着寄往冬天的素描
每一朵雪花的根部
都隐藏着一颗任性的童谣

往事深深深几许
谁说斗不过岁月的煎熬
如果尽情地释放
小时候的一片太阳
在手掌间如光焰般燃烧

因为思念的声声洞箫
依然在打听高山上的九霄
路上的每一粒石子
果断地拨开终日不化的寂寥

人生最大耐心就是等待
渴望一次冬眠过去的春晓
精心整理了心的空间
经过了最后的料峭
已经有几朵深刻的火苗

春夏秋冬路途的距离
区别于风雨霜雪的妖娆
生命需要不断地激昂
像白云重逢绿莹莹的青草
梦，在一夜间辉煌地报到

灯还亮着

生活就是一种永恒的、沉重的努力。
——题记

星星闭着眼睛
挂在懒洋洋的披肩上
只要身边有风
掠过耳旁
改变了思绪的愿望
谁把生活搅扰得不堪忍耐
在一首谶歌里两手含伤
大风尘扬

在喧嚣的尘世间
欲找一个与灵魂独处的地方
我站在，暮色痛苦的光芒
一本描述太阳的藏书
一首打坐在夜的诗行
顺着风走过的方向
就是自己心之向往
为了重新起程时
不再迷惘

窗外
一滴雨水和另一滴雨水

穿过结冰的大街
走向中央
天明之前
带走了挺拔的椴杨
也许就是年年伤心处
明月夜，青山岗
一座火中凤凰的铜像
带血的石子滴落在掌心
将所有的心事锁进深处
不想遗忘

前面的驿站在哪里
我问风，长发飘逸在肩上
没有凋零就没有出发
山一程
水一程
花开一场
合上眼睛
想念的时光
多了夕阳一般的厚重
少了与雪融化的流淌
人生由许许多多片段组成
我祈求像您那样坚定
哪怕被折断翅膀
在苍茫流浪
那一树玉兰又一次绽放
尽情思想

生命是自己无可比拟的独创

拨动一具七弦琴
期待潮水般咏唱
可是
没有回响
不要哭泣了
灯还亮着
若我们不肯自划地狱
心便藏有一个重洋
无雪无霜

在暗蓝的夜悄悄地等待
把日出东方紧紧地攥住
沉默锝铸了铁的坚强
在前方
守望的麦田在燃烧
弄翻了调色板的金黄
属于太阳

湖底的月亮

有时候山是水的故事
有时候风是云的涟漪

一枚故乡的月亮沉入湖底
我的手心里捧着一粒珠玑

有的人已经成为回忆
有的事注定成为故事

每一寸光阴都不能还原
也无法拷贝年轮的戳记

从此没有再见过一盘满月
攀枝花像蒲公英了无踪迹

紧紧不放的双手抓住思念
念念不忘的定格排列景止

窗前的梧桐笔直地站立九十年
留下眼睛凝视依然深情的大地

走过一段沉默濡湿的小径
丛林、荆棘和绊脚的葛屦

在尖锐的秋天里倾吐心事
涑水河递来孤影伶仃的雨

权柄披上了一件俗气的袍子
生锈的山川被虚伪的雾蒙蔽

谁欲遮盖一片天空的热草
向心怀叵测的偷袭发出质疑

蝴蝶的直觉始于惊心的背叛
碰壁后遭到暗伤的痕迹

黑着脸的煤炭烤红了全身
褪色的老照片被轻蔑丢下去

虽然黑夜与白昼经过我们
星座滑落的历史落满蓑衣

泪水和愤怒怎能平息
我向黑暗索要一个词

锋利的日光懂得疼痛的含义
在殷红的洞口请让足迹屏息

乌云压低的海棠令人痛痹
心底的刺青是最后的献祭

像石头来回摩擦铁杵那样
酝酿一次完成靠水滴不渝

秃鹫在太行山东麓上喘息
发出尖锐的啸声向后倒去

冲出重围的云朵盘旋而上
一座新的山峰上矗立影子

把天空和土地统统打扫干净
褪去七月的烟霾后走出崎岖

为心舞剑

三年前
那个不堪回首的黑色假期
有过一段雪上加霜的经历
一个自命不凡的猫头鹰
扮作挽救坍塌的官吏
那块瘠壤盛产败柳和王畿
古庙里还有清朝的木鱼
他出身柴门
儒林外史，不是正传
流传不灭火烛死不瞑目的
千古笑语

当北风与冬天合谋淹没渡口
忠诚无足轻重被压在山底
一个抗战老兵倒下的时候
冰冷的笔尖不动声色
用轻松的虚无扣响扳机
冷漠比刀锋更加锐利
血染的追忆一笔勾去
周围的乌鸦驯顺封口
恭恭敬敬不敢呼吸

一切在我眼前发生
羁锁的心结

只有眼泪浇灌自己
没有人能避免
乌云压心的痛楚
一朵朵花被风吹散
一片片云被雨淋漓
墙上的阳光渐渐失踪
回家，行李只有失眠药剂
连与我有血缘关系的人
一声不响地去了日月潭
他们不愿意听沉重的叹息

夕阳无限西去
我却不想迟疑
这是尊严在零度的坚守
神经紧急集合
专注的眼神凝固成哲理
他们曾经贡献了自己
青春染血、身后泪泣
怎样抵抗记忆的战栗
安顿不平静的心
把泪酿成不动声色的酒

在一个完全透明的战场
云与风较量
鸥与浪博弈
焦灼地扑打双翅
肺腑间嘶哑的呼吁
拳头握在心里
要求一个干净的心域

公平不是一种选择
而是一次机遇
用不着雪花的私语
阳光在一定高度给人暖意
普罗米修斯偷来的火种
我知道那根火柴的位置

不必说出伤疤的颜色
和它在辛酸中咬紧的利器
如果内心走过荒野
如果彻底表达了自己
如果冬季转移到了远方
雪水清澈地流过河渠
记忆的飘絮如何将息
每一抹沧桑
都是剑舞的痕迹

只是——
故事里的猫头鹰
正躲在太阳背后喘息
他失去了那把交椅
秋天的风
还有曾经俯卧的乌鸦
向他扔去一块巨石

遇见

我相信
美好会遇见美好
一瓣桃花遇见一个童话
一粒种子遇见一场小雨
一拱枫桥遇见一溪流水
一段柳枝遇见一只鹭鸶
一个汪星遇见一盒糖果
一把油纸伞遇见一帘烟雨
一封在信笺上写满的信
遇见一个萦绕万千的地址
后来，遇见了你

我相信
艰难会遇见美好
干裂的唇遇见一捧甘甜的水
寂寞的夜遇见一弯月镰暗语
龟裂的地遇见一口喷泉的井
婉约的泪遇见一树梨花飘逸
遇见一双手牵着月亮的回忆
遇见一粒沙手足无措的哭泣
一条幽幽深深的甬道
遇见一个白玉兰开的小院
后来，遇见了你

有时候
美好很难遇见美好
一株倔强的鸢尾
凋零在草长莺飞的四月
一颗耀目的星孤
陨落于喧嚣浮华的尘世
一首清明是永远的伤
挥不去如影随形的九曲
一个谎言衡量道德的尺码
并非每一个灵魂都愿听真实

一片叶子落下
遇见寒冷的淬洗
能够做到的是不被冻僵
有时候要靠去凤凰山取暖
拂去花瓣不善言辞的交替
即使没有哲学横亘在铁轨上
是否遇见过蟾光的魔力
从此，每一片叶子携带着好奇
遇见沉重的尘土集结
审判就有了意义

花蕊里的心跳

请让我把天空打扫干净
请让鲜花躺在张开的掌心
请和我说一会儿心里话
请和我画一幅山涧的水声
如果把声音放得更低一些
或者干脆用会说话的眼睛

请让沉默填满春天的涟漪
请不要惊扰最古朴的宁静
请让原谅小心翼翼地进行
请让肆意的生机烙进冬的坚硬
耐心被磨砺得又挺又重
感动着洞悉一切的补丁

平凡的日子像是一幅素描
每天早晨都是不动声色的邀请
那些藏在山茶花蕊里的心跳
将深渊下的波澜轻轻熨平
云朵将在今夜完成一次集结
镰刀斧头的方阵在雾里前行
不屑于向过路的风吐露心情
她的清白，遇见了无言的灯笼

只要想起一生中盛开的事

梅花便落满南山的
回忆、感动和责任
生命并不由意志给予或失去
等待萌芽的种子
正在给天空写一封漫长的信
当志士倒下的时候，血迹
是否唤醒最后一位观众
复制并非徒劳的牺牲

一番风雨路三千

风揉住黑色的柳丝
把命运交给失语的秋天
白杨树像仙鹤一样独立
遥远地投来天堂般的笑靥

一番风雨路三千
父亲去山巅
追随青春描绘的日冕
总为不灭的炉膛所累
船何时漂泊固定的港湾

走在稀薄的月光上
想要的月亮更大更圆
可是，今夜无梦
忧伤无法抚摸疼痛
信天翁拽住白云一片

一条细沙的小径
上面印着过去
苦涩的藤蔓
风中摇曳孤寂的味道
吹来的是第几次秋意
牵牛花听到了凝固的呼唤

灵魂的减法难以习惯
一朵向日葵
在他的身边圆满
奔跑的伤疤让月亮看见
忘记太不容易
和那深刻的疲倦

树语

我接到一棵树的邀请
观看烈火与光明
这是雷击之后的梧桐
一生都治不好伤疤的苦痛

树之上是高高的苍穹
却无法置身旷野的宁静
离开，倒影在历史凝定
来不及等待
像雕塑一样高耸
枝条与叶茎绷紧脆弱的神经
击穿湖面上漂浮的时辰

经过的是一场告别降临
突如其来的暴雨
倾泻了迎面而来的天空
心里有一块裸露的墓碑
初春和深冬正在交替涛声
如何辨识鲜血与烈酒
内心的流水和焦灼的天明

桐花在半空艰难地开放
我相信树上的每一枝花朵
它们是照在我身上的亲切笑容

连最卑微的果实都有思想
深藏在眼泪达不到的痴情

每个人都有回不去的故乡
谁言中了，我的燃烧
在这寒冷的初春
不能理解命运对于一个人的安排
什么时候当我重新自信
回忆那个幸福的小院
热爱那些幸福的小事
绿叶在耳语，被写进晚风
把细蕊种进灵魂的灯笼

梦的秘密

多么嘹亮的子弹
射杀了包围我们的恐惧
箭一样密集的雨
落到草地上正在歇息
桌上的玻璃杯里盛着残月
蛙声从夜的边缘一个劲拥挤

窗口外，屋顶正变得苍白
一个又一个熟悉的身影
膝上的伤疤让月亮敬礼
还没来得及讲述松涛的微笑
便破碎成了满地的泪滴

有一滴久久不愿坠落的泪
被大地的引力
拉成一颗心形的液体
风继续摇它的叶子
树继续结它的种子
有人说，它变成了山脊的石
酣睡在光阴移动的方寸之地

时间那双无形的手
一次次伸向记忆的海底
当我把眼睛沉入您的眼睛

每一粒葡萄都能背诵梦的名字
也许借一阵风上天
一道闪过去，留下小秘密

你的经纬度，是我寻梦的足迹
是谁点燃了雕花窗口的灯盏
梦在阶梯上又上了一个阶梯
这是一场过于纯粹的典礼
还有一群冬风跟随着
捡起，一行行
比哲学深邃的诗句

2018-06-17 写于父亲节当日

今夜星空今夜风

雪花落到地上，它似乎
并不准备再次升起
优美的六角菱格跌进了
并不优美的空间

落日，一个耸听的危言
背后越来越少的燃料殆尽
人们忘记了
正午的阳光那么刺眼

天空，被使用多少次了
雾霾晃动着嘈杂的褐色
从未被使用过的
一定蓝得让人晕眩

没有语言，为一棵
微不足道的红花草提供
深刻的疲倦
它将变成一支箭
还是与绿叶一起腐烂

红色的高跟鞋，踩在
夜晚的开关上
它把小小的亮度

调节出内心的刚度和靛蓝

思想是流水，曾犯过
卓绝的错误
有一段白色的霜
沿着踩过的礁石和碱滩

夜晚，黑铁般的石头
右手撑着一把蓝盈盈的伞
一个人的暮色能够留住多少归鸟
蝴蝶不懂感恩，孤独的陶罐

自己的梦，有耐心看得见
背起沉重的骨骼
或许跌倒在月光下
生命，应该有一次宣战

我想与这个世界商榷
却忽略了，没有人经过这里
今夜星空今夜风
瞭望，人有远山

桌上有一粒不动的坚果

不知道乌亮的铁轨伸向何方
中途下车的人
带走了温暖的家
带走了土壤和肥沃
不知道什么是一无所有
家里丝绸与玉器一片冰凉
像跌坐在结冰的湖泊
黑色的衣裙，那么单薄

我梦见——
一只蝴蝶在花丛跳舞
忧伤早已过去
换上粉色礼服
在丝瓜的藤蔓上穿梭踱步
金色银色的小甲虫围簇
空气里涨满流云的经络
贴在发烧的额
青春烧灼了别人的双手
夕阳，一次次花鸟交错的蹉跎
红墙，一岁一枯荣地斑驳
路过的黑夜，雨丝折断了翅膀
丢失在心的沙漠

分明有花有草的歌唱

可那坍塌又是什么
我不想蹲下身看蝴蝶的视野
掠过生命的荷叶计算含金粉末
无中生有的雨滴正襟危坐
这时候，桑枝间呜咽悲歌
半生的故事倦成一渊静湖
再也找不到一起住过的蜂窝
走出彼此的梦，虽然
是让人难以习惯的选择
只有我知道
通往九泉的隧道里有星闪烁

无人拭泪的时候
我只要自己的光就够了
去买一束红康乃馨吧
从疲惫的苔深里挣脱
我又梦见——
大地像海一样深沉难测
岩石的波涛灌满了风
一座座城墙、建筑坍塌陷落
月亮俯下身，漂泊而去
我铸成了一枚钉子，没有移动
醒来后，桌面上有一粒不动的坚果

一场仪式

两片玉兰花瓣在天空中飞过
凝望，含蓄
多少次回忆
美好生活的覆盖率
环绕灵魂的四壁
我知道
当它们降下来
以太行山的棕色为背景
仍有英雄之心的勇气
而当它们高于山顶
我的视线无以为继
感受到了共和国的重基
一生中，每个人
都会被闪电击中几次
光束照在纸面上
我看见了曾经遒劲的笔迹
讲述人间、生死
平平仄仄的格律诗

虽然，风找到你们很容易
还要走多久
将要飘向哪里
花瓣累了、睡了
轻轻地依偎在一起

大千世界，时间是一场仪式
春天里，有人出生
有人离世
最后的微笑
印在血红色的月亮上
笔直的梦想
走向岁月的阔臆

星座会跟着太阳走

一颗孤星悬挂在夜空
不知道闪耀了多长时间
正在直播的黎明微微地战栗
风，一遍遍割下
它们深邃的绿意

不知道这阵风还会吹多久
一场冬雪已经悄悄地动身
金色的麦田学会了睡眠
一下子站满了孤寂
被雪覆盖了，树上的梅
需要压抑开屏的旋律
我的灵魂如此不安
在不同的季节
有着相同的忧郁

明月趔趄了一下
悬挂着故乡天空的荣誉
风又一次吻过碑的额头
灰色的花岗岩，睁着眼睛
泪流满面的太行山壁
每颗心就是一片净土
一棵硬松
无声地融化了扎在身上的铁篱

对于一场殉情于北风的雪
覆盖了，天堂与人间的距离

星座会跟着太阳行走
还记得您指引我
遥目远方的晨曦
窗外，最后一枚落叶飘走的枝头
是一副千锤百炼的霜姿
沉闷的叹息催促着什么
幽静的伤口，猜不透
衰老的雪，精疲力竭的标记
我数着雪凌，不肯删除
永不知悔的足迹

我的世界下雪了
冰和雪就是我的呼吸
把一个时代
摞上另一个时代
基因里，缓缓淌过遗传的诗意
每一封信都有一个地址
每一首诗总有一个人和它相遇
何处安排我们的思想
我承诺过每一块劈柴
炉膛内，火焰从不缺席

多么干脆的阳光啊
雪中行走的人
不要停下来，看着队列停止

悄悄地告诉风

我在春天埋下的花种
一朵芽都没有长出，无梦可做
最后严冬搜集了
所有大地的宝藏

天空也有东躲西藏的时刻
每座山都有它自己的月亮
更加遥夐，看到远山的睫毛
古老的槐树为什么折断
如果稍作思考
就会发现七月枯萎的真相

因为他的缺席
扑面而来的白浪淹没了夕阳
所有孤独的日子
雪花覆盖了掌心的温度
谁率先掷出雷声问路
应该有一首诗
有一瞬，如星辰从天而降

破茧而出的蝴蝶
感受到了飓风的力量
风踏过新绿的叶子
带着前世的雨露和风霜

时光击碎了困倦的万花筒
素心镶嵌着百合的感伤
夜雾落下来
悄悄地告诉风，我的愿望

打扫完两个时代战争的意义
我仍不肯熄灭冬天的炉膛
把落叶重新挂回枝头
春天的草药
治愈了大地的健忘
但是事实恰好与之相反
感伤的雨，滴在脸上心上

二 有一种热爱 | 95

一个老人的塑像

他穿着古铜色的中山装
沉毅地朝向前方
这是一个老人的雕像
有一张同样古铜色的脸
他的手稿放在旁边的桌面
仿佛还有体温的气息

他的儿子对年轻的瞻仰者说
他的一生
最欣慰的是"人民作家"四个字
别的都不会在意
墓碑上，春雨秋霜洗不掉的墨迹

——抗日穿透青春沸腾的热血
《讲话》点亮了灵魂的四壁
他承诺过延安窑洞的烛火
每一束光亮，让它们燃烧
一个个凝固的瞬间爬上笔尖
给马蹄声碎、给烽火连天
给黎明之前
一棵大树热爱的土地

在他长逝的地方——
疲惫的退潮成为远去的步履

松树洗过后松针是明亮的
寄托了生命的抒阔与思忆
有一种怀念被朱笔描深
由后人踏出一条路祭

注：《讲话》指毛泽东 1942 年在延安所做的
《在延安文艺座谈会上的讲话》。

一根霜枝已经成为遗址

清明，下了一夜的雨
院子里白杏花重归孤独

修剪后的树干露出新鲜的伤口
睡醒的蝴蝶采集到滚烫的露珠

他们的生命在某个时刻静止
他们的身边环绕着春天的陈述

秋风是最无情的篡逆者
它已习惯了和万物道别的脚步

大地上应该拥有足够的山水
让受惊的羊群寻找必由之路

一根霜枝已经成为遗址
颤抖的冷，在晚秋时节的正午

听到了冬天，雪怎样落下来
总有人逃避冬与雪的重负

一个人的声音并不孤单
放弃手中举棋不定的凄楚

时光消逝了，我却没有移动
仰望云端，丈量自己与天涯的长度

那些被遗失的纪念碑仍然存在
他们的名字在心底存储

我开始熟悉自己的血液
不在意泄露精疲力竭的旅途

天空中，微苦的虹霓有多远
到达了，铁锚沉睡的红河谷

这时候，绿植长出带锯齿的长叶
在另外的时空里长大成树

黑色的墨迹

仍然是多日不见的雾霾
它让这个世界少了一种清晰
太阳裹着一层枯木的外壳
遮住了，那么多荒诞和泞泥
多想跨出门，触及平安的手指
或者，将惊恐吐出
还有那些已经枯萎的雏菊

今年的冬天有多么冷
街道上，一瞬间无声无息
我不得不暂时远离人群
在哪里，那些看不见的劲敌
一些乌鸦在干燥的枝头狂噪
以及躯体困难的咳嗽
炭烤一般的呼吸

几片倔强的松针企图修复
一排排相似的树枝，它们
曾经点亮过生命的灯火
有过不愿坠落的挣扎
却永远停留在这个冬季
如果，如果他们知道
雪在风中的呼喊，那是
未曾说出的爱和哭泣

星星的碎片扭曲了阳光的轨迹
只有枯萎和悲哀才是真实的
泪水循着雪水滴落的尺度
在另一个平行的世界里
坟茔上无数朵花瓣
嘱咐我埋葬今年的旧雪
我梦见，一个老爷爷挺直身躯
他拥有一颗清晰跳动的心脏

这个清明，长时间的伫立
注定等来活着的盛宴
春天已经上路，樱花正拼命发芽
我爱整棵大树
爱很多树生长在一起
想向昨天翻译植物的语言
可是，颤抖的手只会
在白纸上，涂下黑色的墨迹

庚子回眸

看不见，摸不着，大面积的
魔鬼向城市袭来
道路空寥，人迹已无
漆黑开始向四周扩愿
屋顶，窗棂，阳台
路灯变黑了，日子变沉了
转弯处谁的影子在移动
觊觎人类兀鹫在哪里蹲伏，游荡
一层层口罩变幻了时间
封存了，光秃秃的季节

黑夜，一块结冰的土地
一片片白帆，在江畔被迫搁浅
它们缄默地挂在寒风中
波浪打湿了垂泪的桅尖
免疫系统的卫士们突然哗变
嘴唇说不出被雪花覆盖的语言

从不知道，一个人的
呼吸可以如此滚烫
为了冲击一次合围，已经
耗尽了整个冬天的盘缠
沉痛像远山一样
虽然看不见，但它发射支支暗箭

悬而未决的天空下
飘满刚刚书写的哀惋
等待归位的月亮，亲吻
每一颗星辰，想擦去苔藓
一个没有掌声的决定
传递到江汉桥上每一米栏杆
飞翔的翅膀下
一只只白孔雀逆行到
战栗得不敢有梦的街道、医院
他们背负的红十字像一丛篝火
不能做旁观者，输送
一条条博弈生死的血管

挡住生命悬崖般地下坠
让睡眠者感知疲惫过去的温暖
白桦可以抖落了一身的枝叶
但不允许肆无忌惮地击倒树干
不必慌张，按照我们的愿望
让一朵朵梅花整理倔强
填平深渊，并赋予
它们一个可以高声朗诵的名单

一座准备休眠的火山
仰起头，让微笑回到百里方圆
一只沾满泪水的手
端起小碗，夹起
一粒飘在上面的绿橄榄
心脏壁纸重新循环击鼓
纠缠的记忆焊好一根根丝弦

有了呼吸，城市便生动起来
燕子带着刀刃，裁剪新的柳叶
命运——谁在岩石上敲门
日子，从冬季提炼出春天
原来，活着就是
一个值得庆祝的盛宴

一棵树在发号施令

一

漫长的严冬开始的时候
在一个被我们圈定的节日
悬危从月亮的反面侵袭
梅的珠泪跌伏在曼陀罗花上
解构了一场大雪封山后的奠祭

樱花、银杏一个个陷入晚暮
以身为刺，我你他
保持着铅灰色的距离
谁批准天空一灰再灰
不得已，
我的心情只好和它保持一致

一棵树在发号施令
内心的坚定浇铸飘扬的雪粒
我们已经看到了好日子的模样
蛰伏百年的国运不容折断瓷器
举国之力翻越群山
为了营救一粒粒种子
四万人驰援和代价
与死神进行
一场意志的博弈

每一滴眼泪、汗水、血液
均匀洒落在城市紊乱的属地
炉膛里燃起跳跃的火苗
等待一场雷电访问或清风徐徐
生命缓慢地复苏
蜗居的光阴渐渐忽略不计
掠过的温暖替代了一切凋零和远逝

此时，月亮被挂在一树梨花上
那些来自高处的真诚
使我们深深领会，内心
确信全部生活中公平的秩序
虽然难过的江水冰凉地淌过
我用这水煮茶
没有忘记在季节末梢的红枸杞

二

虚构出来的荷马史诗已不存在
生命之初的平等，并不是
生命同构的隐喻
剩下的半个地球
正在掩埋风尘仆仆的太阳
随着气温的下降
密歇根河已经开始结冰
一棵棵草芥打不开上帝的门扇
熬穿一场冬，他们
缺乏足够的体力和运气

厚雪，让季节无止境沦陷
德特里克堡停飞的蝙蝠
一个问号，一句谶语

大幕合上它最后一道岩浆
生命至上成为衡量人权的数据
当百花在春天尽情地享受茂盛
大树有力地举起收获的旌旗
有一种感动，涂上新的颜料
把一个金色的太阳
停顿在百年锻造的赭红色灯上

去年

我们发射的语言，并没有
在期待的钟楼上
敲响

人与人之间
狭隘的冬天，加上了
一堵墙

虽然悬浮太平洋上空的
沉霭，自由地穿梭于
东西的门窗

一个曾经高悬的灯塔
被波浪狠狠拍了一把，行走的帆
不再眺望

上面，覆盖着大片伤痕
和一层又一层的锈藓，阻断了
浩瀚的浏览量

在另一个平行的世界里
水底的倒影，看不见远方的
取景框

白色的寂静闭上眼睛
心中长满了蔓草，含辛茹苦的枝条
掉进河床

携带的风推翻了所有的想象
烟囱掉进失眠的井，无法呼吸
冬夜很长

时光隔绝了水声与鸟鸣
空中的云轻叹一声，诗折断了
一缕残阳

他们静化为沉默的石头
在星星的照耀下，梦见
所有的悲伤

门上挂起柔韧的蛛网
当下一个春天来临，去年
成为遗忘

两条鲜明的弧线

我的手中，时光正冰冷地撤离
向前向后一秒，都是冬日裹束
那个春节，留下
一层又一层心碎的疤痕
讲述着那些变僵变硬的日子
遭遇粉碎机般的侵突
小寒的凌厉、大寒的封锢
窗外满地折断的枯枝
被囚禁了的足迹
成了面对嚣张的态度

什么时候，才能听到赦免的铜鼓
一滴鸟啼，人世间尚存心的温度
当我们还在家中隔离观望
却有人先迈出"回血"的一步
把银行卡和钱交给家人
已经备好了半年的谷物
留下一封封带着体温的遗书
逆行者与顺行者相向而行
博弈一场看不见的蜂群棋布

头顶的红线正在急速撤退
心中的块垒融化得所剩几无
允许白昼把黑夜翻过

方舱连接出一条发光的路
人生，走着走着就明白了
大寒过后就是化雪的雨露
不断叠加，青翠之上的青翠
清澈的空气里，再次遥望云卷云舒

墙上有一幅世界地图
需要重新辨认方向和角度
一株桉树里找到恶棍的修辞
世界开始摇晃
阴暗刷屏，弥漫着浑浊
它们已经占据了天穹很久
说是为了自由的元素
地球的灯塔充满了上帝的疑问
一块承重砖，动摇了
帝国大厦上曾经傲慢的爬山虎

那个世界的确存在，难以描述
每一扇门都被病毒侵入
在幽暗的体内，也存在国会
红十字，睁大了魔幻的眼珠
卑微的生命，被黑色
时光覆盖了肉体和灵魂
多少双手，已经
捧不起遥望的星宿
那么多惊悚的围观者目睹
一个废墟的产生，多么盲目

地平线上有两条鲜明的弧线
在旁观者的位置更清楚
紧紧地抓住方向盘不松手
——太阳从西边落下，东边正出

同一时刻

一

今年里的一个早晨
玻璃上，刻满六角棱花的白雾
窗外天空是蓝色的
枫叶落了，铁青的湖面
沉默寡言的小楼、冻树
捧起桌上的热茶
装满光影的水杯有我的全部
一束束柔针射进来
琥珀色的太阳走进陈年的书橱

当窗外的花园没有花红叶绿
精心挑选了一个水仙球
小心翼翼地剥开球壳
借一钵清水
碧叶玉芩，从来没有打过招呼
却发现更多安静的色彩陷入其中
与众不同，唱着翠绿的歌
却又毫无惊人之处

生活其实很简单——
一朵花，一片叶，一丛竹
一杯茶，一首歌，一页书

让生活慢下来
汤水多煮一煮
不急不缓，细听春来的脚步
它可以是一个故事
不必添油加醋

我会把苦难和幸福回想一遍
抖下一片羽毛
把自己的影子攥住
一九天气温急速下降
二九后雪粒漫天飞舞
枣树留下一粒雪花还挂在枝头
哪一根枝条不曾含辛茹苦

走过一条长长的隧道
有风有雷，也有孤独
路过不为人知的秘密驿站
看遍烽火台生长的丛林植物
只要前面有一个光亮的出口
就是灵魂不会坠落的防护

把关闭的门一一打开
把敞开太久的窗放心地关上
安宁是生命里最有滋味的感觉
冬天时，我喜欢靠近温暖的人和事
无论炉火、神奇、轮回和重复

二

冬气从枯枝中休眠的花蕊而来
点开了书桌上辽阔的屏幕
太平洋另一边，起风了
起伏的海面发出巨大的声响
每一片波涛都是一个人群
层层叠叠，拍打着
千里以外的建筑

安宁像一块绝望的金子
瞬间推开，早已不那么牢靠的窗户
头顶的天空塌陷了
是不是很冷，他们不懂得嫦娥和玉兔
倾斜的樱桃树被人推倒
几瓣落花飞旋了一阵，落在地上
金丝雀突然叫了几声，好像
预感到了什么，吞吞吐吐

所谓生灵，不过一道一道的涟漪
夜鹰在城堡里一直咳嗽
半空中死去的雨滴太小了
传染给不会再飞的蝙蝠
那一针致命的毒芒是谁干的
仿佛另一条血管，缩成一渊旧湖

每一片乌云都翻滚着各自的惊险
每一个夜晚伪装成海盗、
独裁者、墓窟

橄榄，一粒黄色落败的果实
被纷至如注的雪覆盖，告别风烛
一个灯塔暗哑后
常常会带给人更深刻的清醒
一个黄昏的影子
拖着长长的尾巴已经模糊

世界的迷惑无人擦拭
还在等待未发生的事物
其实，岁月提供的东西
足够总结惊天动地，平淡如故
如果时间在这一刻停滞
我要把内心的浪花告诉路过的人们

公正的足迹

冻僵的手指
举着一份申诉哭泣
寻找一行公正的足迹
每个人对我重复单调的套曲
纹过天空的乌云
传来一个声音
只能这样，不许
……

风是凉的
为了服从一只蝙蝠的旨意
舞台中央的哈哈镜里
没有对历史的敬意
只有唯上的阿谀
因为免疫系统已被攻克
每天都在唱着别人的歌曲

时间雪崩似地摔落
一个暗夜带走了
最后一个满月
有没有人记起
他们曾经用身躯
抗击敌人的火力
黑色镶嵌的委员会

正在用冰镐
凿穿一连串长长的名字
白花苍茫的葬礼
安息被说得那么沉痛惟兮

可是——
是谁把血编成灯草
红色的笔记落进淤泥
飘扬的渔火和勋章
已经潮湿
有一道伤口的旗杆
钻进了白蚁
如果有人选择失忆
我宁愿闭上眼睛
珍藏凤凰飞过的天地

被呼啸北风摇晃的一只小船
在权力的蛛网里不想交易
不肯和心中的远方告别
没有权利停止争取权利

不是一切呼吁都没有回响
勇敢的理由没有失去
眼泪流干
星星已经到齐
渐渐明晰的警句
敲响了正义的回音壁
谁说——
挑着风霜的历程可以忘记

深红色的地平线已经孤寂
岁月不能覆盖先行者的步履
现代化的前进
不能以蓄谋的虚无作为祭礼

尊严的桅杆下了半旗
为了一小片沉没的陆地
那一只蝙蝠和落叶混在一起
剩下的蝼蚁辗转不宁
进入冬眠期
当灯盏有了鲜明的性格
疲惫的沙丘上
信仰骄傲地在破晓前美丽
有寻根的人
把门轻轻开启
不再有这样无力的愤怒
不再有这样沉重的叹息
不要给人心留下危险的碎片
哪怕仅仅是一道痕迹

写给一个人的信札

当山尖的余晖撒到了山后
凤凰山睡着了
它收到了一张明信片
上面印着树枝上浩大的圆月
从高处往下看
冬蛰的大地上，有一个冰的漩涡

太行山披着上个世纪的雪
鹞鹰的影子显得天空宽阔
一棵光秃秃的杨树孑然一身
举着钻天的梦想
被沉重的雨水压弯了自我

我们已经见到过分裂的力量
前行的马达变得脆弱
西北风用双手撑扶着
黄土高坡的两肋
问我是否愿意
跟它一起穿越民国之末

大风扬尘，摇晃着
众生窃窃私语的耳朵
和那张假装瞌睡的书桌
沾满了泊来的锈迹和青苔

不能阻止它为遥远的灯塔作序
误了白云的班机
长出了毒蘑菇状的烟朵

他们饮下纳帕谷酒的荆歌
为吹皱了的纹章祝贺
把那片黑晕背到了背上
一转身，泼向汉白玉雕像的前额
被时间沤黑了的旧城堡
挡住朝霞，并把它
撕碎在水底，谁奈我何
石阶向上的过程有人离去
四处奔波的公路犬牙交错

我的人生由波音换乘高铁
伟大并没有成为常识收割
东方不败和西方自由的账目
高下已见
火星视角还想撤下几把柴禾
出现裂隙的峡谷里
两块巨石碰撞着
发生着一场纪年的嬗变
就让江水阐释吧
民国割据和探索已成为一句古语
大西洋海底有一条深渊般的沟壑

风在峡谷心脏吹响单簧管
有很多方式拼写秋天的颜色
抖下一片片飘散的蒲公英

山的轮廓，像一匹
温顺的骆驼
凤凰山藏着索引和密码
吾辈将上下而求索
心紧贴祖国胸膛上的风波
蓝口罩上
是潭水深深的眼窝

有感

那个夏夜，十点半
在空旷无人的街道
一道闪电在头顶裂开
背景一样的山倒了
沉默让我感受到它们的重巅
眼泪流下来，一条河
河的尽头是海

不肯遗忘上一辈人的烽烟
想起了诗的怀念
闯进一个并不遥远的圈
四周是苍白的废墟
蠕动的光阴推醒了"灵感"
每个细胞对着镜子
顾影自恋
大声或呢喃着
唯有自己才懂的语言

曰：两个词之间
一个孩子早晚会诞生
可是这个孩子只有软骨

膨胀的翅膀在发炎
不能发表任何评论
因为真的不懂
不想自我呻吟，继续
盖自己的远山

墙

有一堵墙
经过了时间的长长短短
墙的两面
已适应各式各样的模板

站在这一面
秋天的枯叶纷纷坠落
绕着一片废墟旋转
一个欣赏署名的布袋木偶
绷紧了黑眼圈
端坐在
褐色的椅子上
暗红的烟火
点燃两片光焰
伸出双手
拼命地挤压
贪婪
越过了路灯的警戒线
一只笨拙的飞蛾扑来
扮作一个医生道貌岸然
可是谁都知道
他喜欢西湖的眼帘

冰冷的墙
傲慢地
拦截一道道求助的目光
不理会血泪堆砌的呼喊
稗草爬上纪念碑的雕像
连一句话也抽不出时间
很多人
无法反抗墙的欲望
惊悚地逃到空旷的大街上
噩梦挂在他们的脚跟
惊魂未定的危险

墙的另一面
谦卑地
戴上定制的道具
早已学会了角色的扮演
谄媚而徘徊的蛀食
藏匿墙头的草菅
到处攀爬的藤萝
恭候风吹来的四季
眺望的姿势不敢有变
他揣摩那些
王冕似的名字
小心翼翼地试探
夜晚，粉饰过的表情符号
活跃起来
与红肿的落日觥筹交盏
遭遇颠覆式的断电
计划进攻中心

可是扣错了门环

一个清晨
从河对岸传来
阵阵滚雷
坍塌了
背后的鳌山
墙因之受潮
阴影的面积上
争分夺秒地枯萎
一团团霉斑
冬的罪证
权力异化的沦陷
不需要讨论对墙的拆迁
所有的墙重新
涂抹颜色
将幸存的江山交还
让所有灼醒的双眼
跨进有感的门槛
在全年最漫长的日子
跃上世界最温暖的螺旋
火，燃烧在浪尖

三　黄桴絮语

坚毅叩开一扇穿透阳光的窗
与明朗相遇，有共同的旋律
总有一些高尚洗刷着灵草
守住被霜染红的干净心域

黄檞絮语

在飘雪之际虔诚地祈祷
每一朵雪花融化成熟悉的气息

流着抹不去的眼泪
有些故事心不肯忘记

我希望您再讲一遍陈年往事
买好蜡笔，记住身影和足迹

总要一个人走过燃烧的路
日子沉潜入水充满鱼的忧郁

颓圮的篱墙前为逝者诉说
忧伤藏进眼睑裂开永恒的距离

用竖起的书挡住滔滔江水
曾经无可奈何地悬浮着黑白

风中吹沉香焚烧后的味道
黄檞询问夜空中星星曲直

当一个夏天抚摸另一个夏天
穿越在不动声色中灵魂站立

坚毅叩开一扇穿透阳光的窗
与明朗相遇，有共同的旋律

啄食五脏的鹰像蛐蛐躲进一隅
善恶有报浮朽落木萧萧归兮

昨晚的断鸿沉淀晨曦的悟寂
紫色的镣铐变频升华的献礼

对干瘪的灵魂已无怨恨
松涛在太阳下恬静地安息

难捱的时光从脸上走过
蝴蝶兰摇拽烈酒般的裙裾

冲破冷而硬的地层青鸟鼓翼
相信是苍天保佑的眼睛给予

不肯结冰的是雨水还是泪水
什么都不是而是一场慰藉

总有一些高尚洗刷着灵草
守住被霜染红的干净心域

林中的鹿解开崎岖的角
不禁风的翅飞起优秀的自己

按：父亲的第一本诗集是《黄桴诗选》，当时全
国人大常委会副委员长周谷城先生题写了书名。

今晚，和谁一起看月亮

关上窗户，拉起窗帘
挡住悄悄升起的月亮
她在那晚有一段凄凉
我无法感知阖家的圆月
——敬请原谅

尽管岁月的痕迹
和心里默念的名字
已经刻在石碑之上
我不会洗却昨天的收藏
只要美好过，在心中
——永不凋亡

——二〇一六年农历八月十五

有一场雪，在心里下了很多年

鹅毛，一片镇定的安眠药
推翻了我的想象力
把许多秘密藏在寒风里
沉睡的松枝
一起穿过并不透明的墙体
身后
有玻璃破碎后的忘记

人生是一个含泪的微笑
朝着有爱的家
我听见雪落下的声音
一盏灯熄灭后
常常会带给人更深刻的沉寂

有一场雪
在心里下了很多年
雪水和泪水沾湿的孤独
试了多少次
都不能把洇沉的光阴装订
但愿我的每一次叹息
都配得上灵魂的期许

苍天，那么近
伸手就可以握住白色的雪
——请原谅我，不敢触及

今夜平安

夜有它特别的气息
暧昧的晨曦
为什么要抹掉月圆
世界在窗户外闪光
阳光太亮了
眼前一阵晕眩

寂寞有它自己的声音
无情的变迁
为什么与破碎为伴
我看到的——
是一个闪耀不定的世界
遥远的路程上折断了温暖

当北风和冬天让生命凝固
梦不再轻盈
雪不曾融散
石头般的沉重低诉爱的絮语
眼泪是透明的血，淌过心尖

一次疼痛也许是终身烙印
人生太多残缺，太多遗憾
一个回眸也许是一场回忆
想念从来不会下雨的盎然

平安总是借着黄昏隐没
受伤的小狗蜷缩在脚边
我的灯和书架上落满呜咽
不想纠正
无法感知的
黑与白时间

目标的一条河继续流下去
失望不能是绝望的断弦
将心交给看不见的归帆
诗比渡船往往走得更远

夏夜，我在遥望

每个人心里都住着一个走远的人。

——题记

悲哀的故事总是发生在夏天
是为了让眼泪蒸发得快一点

离别往往选在没有烛光的夜晚
那一秒，痛得乌云都不敢打断

不断的泪水是最难渡过的河流
流下来，一道伤痕深深浅浅

生命中注定了太多的离开
灯塔走到了圆月的另一边

家是捧在手心里一支明亮的蜡烛
每个人拥抱自己的色彩和温暖

您身后，我追寻沉没的落日
让所有的呜咽都回归冬的积雪

每一片叶子都是独一无二的
每一个背影依稀若隐若现

凝视者默默地朝着雕像的光环
在轮回的渡口等待一抹蔚蓝

想象天堂应该是图书馆的模样
诗是掺和了回忆的根根断弦

寂寞的镰刀听见了回声
孤独的眼神在远方燃烧起来

我无力在您面前转身离去
虽然那个夏天似乎已经遥远

灵魂再次绽放总有一个瞬间
最后的倔强能否擦亮青铜灯盏

风一片一片剥下蓝宝石
松枝总能保留一些稳定的绿叶

在光阴的云朵里遥遥对望
离海最远的地方就是相约的地点

飞翔的灵魂不会锁在禁锢的门槛
我的世界是猩红色的鲜血和火焰

孤独的灵魂

我爱孤独
这是一个人的国度
我爱孤独
因为渴望一片净土

这个世界——
有苏醒的欢欣
也有沉沦的荒芜
我的世界
简单而又富足
人心的法则像山岩
坚守的眼神像雨露
孤独区别于他人
抵抗虚无的颠覆
这里要长出一株铁树
个人的遭遇，摇摇头说
不想申诉

在黑丝绒上闪烁的星
似乎收起了光束
它们不再为我闪耀
看上去疲惫和踌躇
狂风还在拼命呼吸
美丽的贝壳惊恐地飘浮

人生需要多少次怦然心动
灯火阑珊处，为什么想哭

用无法温暖的手
坚持做摸索往事的记录
一次疼痛铭刻一方烙印
一生亲情跟随一世回眸
一个慈祥的笑容
是心中最难褪色的光谱
不能抹去黑纱环绕的凋谢
将最后的挽歌交予轻疏

在离海最近的地方
停下脚步
身后一棵棵橄榄树
生锈的铁锚上
眼泪像细雨一样跌碎
淋湿了已经陈旧的速写簿
不怕显得渺小
还须再经一番霜雾
秋天里的寂寞也可以收割
下一站是不是红珊瑚

虽然桑枝仍在呜咽
我的愤怒已经宽恕
孤独是一种吸引的沉淀
或者一次奔流的重组
内心的云卷云舒
袒露了一次觉醒

不让枯槁爬过沧桑的皮肤
如果心还会沸腾
在种子的思想中
藏着火与炭的温度

山仍有泪

在梦里，亲吻
断虹搭建的路
在早晨，醒来
湖边濡湿了脚步

时光有它的名字与速度
钟点陈旧了
生命的四季依然丰富
当我向山峦望去的时刻
周围一道清幽
风向远方缥缈雾

把心高高捧在手中
缠绕垂柳的藤萝
固执地守护
曾经有过的美丽
藏进松涛里面
成为永久常绿的灌木

献出了丹青的模样
也珍惜我的痛苦
记住了，写在
小路上的足迹
身影和倾诉

当日暮把斑斓交给了
那个夜晚
从此改变了生活的光谱

雕像在遥远的山上
杜鹃在邻近的苗圃
请求留给我
一个宁静的早晨
把所有抹不去的泪痕
郑重地安放在心灵深处

因为思念

在一个梦的暖阁
我为您收藏起
整个夏夜的泪雨
月晕涂黑了日记的蓝色封皮
四周是不同表情的沉寂

——我知道这一晚无法接受
因为思念的雨滴

在隆冬覆盖的积雪里
我为您打造了
没有岁月和烦恼的安谧
也许生命是可以折叠的
时光留下了浇灌的影子

——我知道这一生无法忘记
因为思念的故事

献出了忧伤的花朵
我为您写下了
守望惟霞的诗集
太行山、根据地
玉兰树、双塔寺
在我的眼睛里变成无数心语

——我知道这一本书无法迟疑
因为思念的坚毅

渴望与您同在
还有永不褪色的流年
我会慢慢修一条小路
让它通向凤凰山
阳光没有遮拦地热情洋溢

——我知道这一幕无法放弃
因为思念的屹立

请为我骄傲

有些事是可以懂一辈子的，
有些事要用一辈子去懂。
——题记

为了看看阳光
我来到世上
爸爸掌上的嫩芽
妈妈生命的锳瑶
可是他们不说出口
我一点儿也不知道
直到成为未名湖边的一只青鸟
清晰地记得春风中妈妈的微笑

从来不相信岁月静好
是有人替我们铺平山坳
没感到鞋硌脚
温暖的手指为我掖好围巾
让渴望告别依依难舍的小岛
顺着车灯戳穿寂寞的街道
不怕在无人撑伞的滂沱中奔跑
有一头狐狸在前面行走
转眼，却是一只可爱的狸花猫

光阴不动声色从指尖滑倒

年轮旋转扑灭了星座照耀
望着远去的背影泪流满面
谁摘走了心中珍藏的歌谣
有人说
落日的路线是无名的小路
几乎不通向什么幸福驿道
夕阳倒映在水塘里
客厅里没了
悠游的金鱼和绿植繁茂

为了给好人一个公道
有过一次秋菊之途遥遥
痛过了，才懂得云开的拂晓
坚持了，愿回应森林的呼啸
可是——
世界上很多人比你弱小
忧郁的花朵被轻蔑踩成一片泥沼
不是每个人都能找回失去的尊严
风信子经常走不出最后的料峭

虽然我累了，爸爸妈妈
帮助我，根须浸过你们的路标
人至无欲品自高
不怕一己之力显得渺小
为了不测风云下失独父母
为了狼牙山的后辈不再上告
为了抑郁的眼睛跳动火花
为了天真的孩子拥抱红樱桃
助人是上苍的一个含笑

勿以恶小而为之
勿以善小而不为
装点心的风景和容貌
高下不论出身——
无论北大清华
耶鲁剑桥

我常常回想你们的曾经
用酒或者浓墨魂牵洞箫
一个人的夜晚
普洱、书稿
百合、旧照
一笺烟雨，一串葡萄
一颗光芒渐远的星辰
在头顶上寂静地闪耀
终于学会了一杯淡泊中
有一种经年叫曲尽梦绕
风把我炼成
端举山巅的一茎弱草
火把我塑成
吹不熄的一粒矿苗
爸爸妈妈
天空再一次倾倒春的颜料
站在与你们共同的跑道
别为我牵挂
请为我骄傲

深刻的苦味

在一个下雪的日子
谁帮我推开一扇门
寻找一顶红格小帽子
珍藏着童年的片段
您在我的病房守了三天
将鲜红的希望交给坚决
让死神的背影擦肩而过
淘气的我
心底从此变得柔软
爸爸的情像水墨童谣
爸爸的爱像磐石如山

半个世纪后
我伏在您的病床前
轻轻浣拭苍老的容颜
也有疲惫，也有心酸
当蓬勃的开放行至枯涸的边缘
长叹生命无常、苦短
我请求，您站一站
再听一次
太行山上的咏叹
一颗冰凉的泪
滑落了岁月
停滞子夜

黎明不再醒来
梦里白色的花片
是无声的哽咽

爸爸是天，广阔浩远
爸爸是地，坚实海涵
当这一晚
天塌了
地陷了
不知道，我该怎么办
风来了，追着风问
追到风口
雨来了，跟着雨点
追溯雨源
这个世界有没有命运
一根绳连着另一根线
谁是谁的曾经？
谁是谁的守望？
谁是谁的灿烂？
我看云彩
云彩在天上，有风
生命里有一道深刻的苦味
和结痂的凝盼

走了那么远
为了跟踪一粒灯盏
走不出沧海桑田
魂绕梦牵
不知道家去了哪里

也不知道哪里过年
门口找不到
墙垲恬静的青瓷
那株傲娇的白玉兰
走到一泓岸边
不敢量一量湖水的深浅
抛出去的花蕊没有回声
不是所有的伤痛都有顾盼

天有天的高雅
地有地的尊严
这个季节
褪去了所有的流岚
天长地远
孤单的时候
我与断虹有个约定
心之所往便是驿站
把往事揉碎
相隔永恒的距离
用寂寞的镰刀
收割星星降落的高原

延续的生命里
排列着微小的基因
湿润的天空下
不用眼睛就看得见
明天的风雨
已经不重要了
相同的视线

连接起
同一个名字的山峦
同一般沉重的信念
眷念与忧伤同在
将一朵白百合埋藏在冬天

——丁酉年大年初一

窗前的白玉兰

推开窗户
一株白玉兰站在月晕
布谷鸟道一声早安
自由的空气划落白云
全世界都不知道她的花期
静下来，倾听绽放的声音
城中桃李愁风雨
唯有亭亭伴月明
薄脆的初春有声色
霓裳片片独领料峭寒风

一个人要仰望多少次
才能看见天空的花丛
玉兰在夏季清醒繁盛
七月流火撑起最晚的绿荫
在树下，用冷静的眸子
想听听它说什么
多情不改年年色
千古芳心生浅晕
在舒展苍翠的时候
漫步交给锦绣作陪衬

天空展开过一次秋烟雁阵
娇柔的蕊心停泊满地缤纷

点点清露盘旋下
片片落叶碾作尘
像一个灵魂，一只梦蝶
告别另一个灵魂
我想起了玉兰的主人
内心完整
遥远而明净
您的沉默是星星的沉默
您的清芬是黎明的清芬
渐行渐远的脚步
沉淀了太多的刻骨铭心
在树木结疤的地方
有钟情的琴丝
向阳的坚硬

北风跟踪而来
携带着摧折欣荣的无情
漫天雪花飘落前夜
派遣雨水凝结的霜露报名
最后一片黄叶
从振荡的枝条上撕下
坠入冰凌的倒影
荒芜的窗赶紧掩上帘帏
含蓄的血管赤裸地自鸣
如果不能永存
就记住花开掌心的精彩
和抖落沧桑的印痕
年轮迈着浅蓝色的步子
等待又一春的花魂

我注视玉兰很多日子了
它若盛开，春风自来
它若沉睡，心绪安顿
一百个太阳升起沉落
一百个春秋开花谢零
不曾搁浅的牵念轻轻撩起
掀开了沉睡的诗经
当有一天
窗前没有了玉兰树
身影进入永恒的灌木丛
我难受了很久
谁能读懂我的守候
走回内心的云淡风轻

一束白百合

自从妈妈离开我
每次去看她的时候
带着一束白百合
后来爸爸离开我
每次去看他们的时候
带着一束白百合

难忘走过的风声与月色
他们的给予是阳光的深刻
安徒生、织毛衣、苹果核
记忆在曾经温暖地闪烁
成长后风雨见得太多
遭遇大潮雪崩似地跌落
丢失了月亮
又丢失了太阳
惊悚的黑眼睛黯然失色
初绽的百合开在青石碑上
挂着被露打湿的泪窠

所有的流水都叫无常
所有的抽刀形同虚设
从亘古的忧伤中走来
心不知道在哪里停泊
梦里对流星的光辉着魔

但我不想说为什么
有一封信，一束花
给没有岁月没有忧伤的天国

我愿意
化作一枝经年不败的花朵
相守在安寐的渔舸
飘漾白绒绒的幽香
环绕着灵犀的挽歌
为一个诺言信守一世
为一种初心不改曙色
清明，我要告诉他们
带着一束白百合

飘逝的白头巾

一颗平静的内心
到底隐匿着多少
丧失心跳的往事
和雪化时的枯萎和凋零

所有的故事都是这样开场
天空闪耀着各色梦境
有一只白鸽飞过沧海
迅速描绘出云朵的图形

白昼在去留之间疑虑重重
黑夜并没有提供黑色的眼睛
是谁照亮了青山如碧
百折不挠的轨道
像旗帜坚定

寂寞的镰刀收割空旷的灵魂
又陷入风霜雪雨的感动
虽然我们有过幸与不幸
覆盖的伤口上
燃烧滚烫的光阴

冬天和春天展开了内战
不断地重复痛苦，又重复镇定

给淡泊的生活一个仪式
草尖上的春风
鞠躬深深

浮冰呻吟，已闭上耳朵和眼睛
梦在发芽，枝头缀满星辰
我们没有失去姓名
曾是自由的风
去打捞储存在山岗的星星
画眉鸟衔走了
妈妈留给我的白头巾

孤独的石

每个人心里
都住着
一个远去的人
每个人心中
都藏着
一块孤独的石

七月，太阳里没有红色预警
忧伤绕过一棵棵银杏树
流星落下去的地方
一个步履疲惫的水手
沉睡在系着白浪花的蓝色海域
太阳落下去了
明天是否升起
风摇曳树枝
正在擦拭黄杨的泪滴
昨天仍在，心的痛感依然清晰
时间留给我们的
只是墓碑上的纹理

我把天上的星星数了一遍
为什么只有两颗星子
始终追随父母的命运
每一段经历都是一座庙宇

寻找你们的脚步
浇灌你们的花草
疼爱你们的百合
把长歌放上祭礼
一根断弦，一条无法泅渡的江水
为了相见，曾反复练习呼吸

孤独的石头放在一个人的山里
喜马拉雅峰顶
不会有缕缕灯火燃起
月亮已经疏远了
高挂天空的航道
驻守着大朵乌云的涟漪
看见十二月素描的弥漫大雪
为什么偏偏要与现实连在一起

落在水里的天空很慢
它在变蓝的时候更慢
裁一片云彩
风，沉沉地耳语
到达不了的远方
请把故事带回来
——答案不属于上帝

童年的方向

梦想也会长大，不过是朝着童年的方向。

　　　　　　　　　　　　——题语

一

孤零零地坐在黄土地上
生长的过程让我遍体鳞伤

无人采摘的瓜果陷入深深的疲倦
忍耐多少次花凋叶落的风霜

看到被太阳晒焦的禾把
那时候，我也会学大树的模样

踮起脚尖摘下一朵洁白
该飞翔的已经学会了飞翔

黑眼睛中的黑夜已达一半
伤口长出的却是翅膀和思想

感谢父母为我浣洗的方向
相对应的是大海的语重深长

流逝的每一个时辰都显得年轻

时间在反抗不被陈列的雕像

火树仅仅照耀忠诚的灵魂
心灵的颜色渐渐饱满、金黄

回头看自己走过的羊肠小道
人生画屏始终朝着童年的方向

生命不是一次随风而飘的流浪
不甘寂寞的灯笼在水一方

二

在天上星星疲倦了的时候
去照亮太阳照不到的地方

杨穗在我身后静静地哭泣
啼血杜鹃，为一座山忧伤

灵魂和庙宇耐心地等待
雪红雪白落在湖上不见任何声响

在悬崖边留下的印记有多少
夕阳那么短，月亮那么长

闪电和雷声回应着孤独
星星擦亮清晨，比刚才更亮

听见钟摆撩拨静夜的独特信号

厄运在右，返青的柳树向左眺望

欲望躺在铁锈中凝固成眠
守好自己的一堵墙

我和年迈的松树亲密无间
回到从前，重复一次无伴奏合唱

虽然丢失了那么多

在春风从每一条脉络进来
我却仍然记得冬至
那个短暂的日子不再重复
一卷光阴的皮尺上
白梅花一朵一朵地凋落
生命中有些相约不会忘记
无辜的白，覆盖了墨色斑驳的生活

我倚靠着沉默的岩石
怀念的青苔时光碾过
睡眼惺忪的时针停了
表盘上播种一层落寞
它已经停止向前
昨日拦阻了黎明之河
我选择踩住瞬间
曾经相见一切又都消失
一切很近却又无法触摸

用思想和双手把天堂的帷幔拉开
眼前呈现的是一片赤裸
什么是天高云淡
什么是心平气和
把夜晚视为白天的归宿
把清晨视为蔚蓝的飘落

把生命视为渐行渐远的潮汐
把告别视为岁月的辽阔

虽然丢失了那么多
心头，映山红一片片地开过

看不见的却在心里

通往天堂的路
遥远的星星看不见
像是沉在深海里的红珊瑚
真正的秘密所剩无几
——看不见它的存在
看不见的却在心里

天空从来没有出现过的云
让冬天最后一场雪埋葬
像是无中生有的雨滴
听不见含泪的啜泣
——看不见它的存在
看不见的却在心里

已经凋零的松针
在石缝里默不作声
像是顽强倔强的根须
一直等待春天的梵语
——看不见它的存在
看不见的却在心里

已经习惯了漫长的等待
没能警觉到正在染白的发际
有人说回忆是忘记

但我决不忘记
有人说忘记是回忆
但我决不忘记
——**看不见它的存在**
看不见的却在心里

相信

我想种一棵树
巨大的树冠云朵般遮住我们
如果每个人都种下一棵树
我相信，一种有形或者无形的力量聚集

我想点燃一支烛
现在可以用一个 3D 打印机
如果太阳有两种颜色，正午和黄昏
我相信，每一分钟的阳光都发出尖叫

我想拨响一根弦
黎明的灯盏以怎样的曲谱拉开
一辈子有多少不能平复的事
我相信，给世界一个抑扬顿挫的旋律

我想涂鸦一幅画
手指沾染着细雨和青草的气息
如果有一张陈年的宣纸
我相信，沙柳留下了那么英挺的演绎

我想写一封信
藏在信纸里的凝望，遇见了内心的日记
如果一场夜雨阻拦了远方的邮差
我相信，门铃沉默的痛苦成为一个遗址

一棵树、一支烛、一封信
它们的经纬度，是我心跳的痕迹
当一场风雪飞扬成一头白发之后
我相信，还有很多需要继续

虽然

虽然我的心憔悴得同深秋一样
可是想问，您那里的云朵徜徉

虽然月亮底下已经无花无霜
我却想，用歌喉问候青草和山岗

虽然所有的事物都有来路和归程
我看见，一双清澈的眸子在远处闪亮

虽然每一片乌云都沉浮着不同的故事
一片透明的玻璃，任何风景都能眺望

虽然落叶纷飞，老树一棵一棵脱光衣裳
雪花却一朵一朵为群山披上盛装

虽然痛苦的时候也很安静
浓郁的松枝，开在一个人记忆的篱墙

谁没有淋湿过思念的秋雨
湖面的睡莲，回到最初出发的家乡

虽然在一团萤火交谈的时候
灵魂的枝脉，搁在我燃烧的额上

虽然时空交错的坐标上有无数痛点
落叶和新芽，不会换一个方向生长

虽然山溪瘦弱得像一条暗线
我却想，启动生与死的守望

虽然能够预见所有的悲伤
飞走的风筝，叩开一缕一缕阳光

虽然黄昏抹去雕像竖立的地方
城市里，有无数向您打开的窗

虽然停顿比飞翔更能带走心灵
结实的向日葵，渐渐饱满
渐渐金黄

雨记得一朵云的梦

我不敢回忆幸福是什么样的
但记得餐桌上
透明的玻璃器皿旁边
全家人围坐着
一锅黄灿灿、香喷喷的稠稀饭
土豆丝、咸鸭蛋
饺子整齐地排放在案板
通红的炉火上
茶壶里泡着热腾腾的明前
我爱我家，很温暖

我不敢回忆家是什么样的
从指缝中流走阴晴圆缺
曾经，地平线显得那样远阔
提着裙裾跨出门槛
我的心如朝霞浮动
想试一试世界的深浅
在细雨霏霏的路上
独自走了那么多年
我爱我家，它是我的
一个港湾，一条渡船
思乡是一场春雨
谁没有淋湿过双肩

我不敢回忆亲情是什么样的
但记得那年七月
印着挣扎的泪水里
荡起层层涟漪
然后模糊一片
月亮下祈祷
可是不敢惊动生命的荷叶
双手拉住渐渐隐去的身影
直到最后一盏灯熄灭微笑
我爱他们，心却坠入深渊

我不敢回忆分离是什么样的
太阳沉睡了
让整个诗文布满苍天
月亮遥远了
遥望它缺，遥望它圆
也许，生与死之间
存在一个婉约的湖面
撑船人去了哪里
蓓蕾默默地等待
夕阳拍落肩膀上的落叶
雨记得一朵云的梦
裁剪成一顶清明的降落伞

可是这就是人生
从一场雪到另一场雪
将一段岁月关闭

藏起折断的翠鸟和白帆
从此，我将成为自己的遗址
不断温习疼痛的戳记
——**幸福的家留下幸福的忧伤**
和一个不能注释的圆满

温习疼痛

窗前，一朵白百合开了
我来得迟了，错过它的早晨
窗前，一朵白百合谢了
我来得早了，耐心等待它的黄昏
每一片花瓣属于自己的风景
在清明的暮色里，重归耐心
红高粱要回到大地中
做发芽的梦

一个会思想的星辰投奔大海
一定有很多人
看见了这个黑色时分
一个时代已经折叠成岁月
一道道峰峦被云缠青
我知道，每一片乌云里
都漂染着不同的故事
翻滚着跌宕起伏的剧情
浪击碎了最后一块舢板
只剩下一无所知的波纹

暴雨一遍遍洗刷着玻璃窗
时光消逝了，我没有移动
一遍遍温习着疼痛这两个字
哪种是疼，哪种是痛

人生没有那么多来日方长
我必须接受
各种形式的告别
与一座城市，一川山脉
一湾河流，一个人
从一个起点向一个终点靠近
要飞越过多少片大海
才能在沙滩上得到长眠的
宁静

每一行泪，都不会在眺望中减少
每一缕冰，都可以用盖子拧紧
2014 年的夏天是个悲哀的绳结
每一滴血，都含有灯火通明的国运
比哲学更深邃的是信仰
比庙堂更高的是星空
在另一个黄昏到来之前
在一首诗里放下他的背影

我孤单地守望着日落
陷在时间的泥沼里
桥上的火车驰过一个个季节
也许，停顿比飞翔更能带走心灵
在靠窗的地方挂上一串风铃
风不要出声，让我
做个好梦

无题

午夜黑色的幔幕越来越近
我开始从孤独的天空逃遁
这时候，
苍凉催亮了一盏路灯

仲夏夜湖畔，银杏树依然高大
梦见另一个夏夜
一颗星的葬礼
连接一记沉默的署名

即使有过辉煌可用来形容
一生中仍有多少沸腾落空
青春比蜡烛还短，
却有一颗彗星

每一次飞翔都是一次冒险
鹰带着故乡的语言守护疆境
从烽火中来
揣着不熄的梦想，紧握光明

从一条道路到另一条道路
蹒跚着，带着被缚的翅膀飞行
隔着黄昏，隔着细雨
萤火虫追逐的是黑白分明

调动所有的阅历辨认雕文
期待的窗棂总是没有亮灯
感伤的笛子吹不出往事的涟漪
白云的担架上历史走神

那些百年的落叶是否有人怀想
无法兑现的金黄混入泥土的沉重
把南方的雨带到北方凝结
像潭水一样彻骨的眼神

一根白羽毛飞翔起来
追逐看不见影儿的蓝蜻蜓
凭着一种共同的音节
唤醒了血管里奔涌的猩红

镀金的天空中升起另一颗星
它是光阴的信使
将稚嫩的太阳托起
明天的早餐
有一枚沾满晨露的秋橙

给点色彩就灿烂

（一）

有些
被冬天带走的
春天会还给我吗

有些
被白雪覆盖的
融化会还给我吗

有些
被北风吹走的
春风会还给我吗

一条很短的路
已经走了很长的时间
开往春天的列车屡屡叫停
还没有到达目的地

（二）

平淡无奇的调色板
绿叶在内心忽明忽熄
年轮的戳记苦辣酸甜

打印出一轮赤橙黄绿
最美丽的虹霓
是父母无私无悔地给予

一个失眠之夜
父母成为女儿遥远的回忆
推开一扇古典的窗户
杜鹃的啼鸣声声入耳
用尽所有的感想和力气

潮水漫过心绪
呼唤，回到生我养我的灵域
朗诵着他的七律和绝句
骄傲的基因成为了自己
在并不肥沃的土地上
有一个名词，有一个传奇

（三）

悲伤使眼睛噙满泪水
但不会使我闭上眼睛
谦虚把睫毛深深垂下
但不会使我闭上眼睛

岁月会改变一个人的眼睛
像油漆的窗户上条条瘢痕
盘踞的老树根斑驳重重
摇曳的无数嫩叶仍然出生

晴朗下滔滔江水东逝
浪花就是它的眼睛
假如大海没有了汹涌
就结束了排山倒海的使命

有人不会仰望很久
有人追随浪溅奔腾
是否用心读懂眼睛
眼睛和眼睛
心灵和心灵

（四）

有时自己并不知道
我不脆弱
不是您想象的
甚至不是我自己想象的

树从来不以疏影自许
叶用一生绿着
上天赋予它的春意
直到每一片叶子
黄了
秋季

在这个坚硬的世界里
怎样凝结一颗
并不软弱的泪滴

（五）

分手之后听到您的足音
鸿雁从凤凰山传来耳语
注视的目光，心头的桅灯
都在提示一个清晰的故事
有一把黑布伞
送我去上学
有一件米色风衣
送我登上南行的舷梯
一本书在桌上躺了很久
时隔多年，我还没有读懂
过去的字迹，梦的毅力

夜莺的歌谣已经褪去
清晨张开翅膀准备飞起
一只青鸟吻落了
超载的泪流
模糊了我们身上
旧创的痛区……

因为根扎得太深和错节
离开泥土的时刻刺痛根须
快乐和幸福那么相似
快乐不一定
就是幸福一隅
如果生命象记忆般腐蚀
我应该微笑还是哭泣

平安代表我的心

一个雾蒙蒙的清晨
当我打开信封的时候
窗前的燕子不停地跳跃
也许会停在案前的那盏灯
我执意寻找陨落的星座
行走过的地方有雨也有风
可是流水试了多少次
都不能把心中的那段光阴装订

视线里的景色被镀上断层
看不到最后一枚勋章的指纹
谁把夕颜一片片撒碎在水面
河流还在掂量最重的心事
一个人的心，就是一口深井
你问我，究竟有多深

深邃的火花与命运贴近
背负着偌大的天空和一小块白云
送走鼠，实属不易
迎来牛，冀转乾坤
一年一度的攀登荆棘丛生
步步危悬，山河无法转身
不知道清泉和冷月
怎样交替漫过岩石上的苔深

道路卷曲绕不回往日
不明真相的扫帚打扫着凋零

春风正一点点稀释冬末的寒冷
大年初一，又一次独享了大红
我们感恩身处的国度
人们脸上已经开出花朵
虽然还是戴上口罩出门
想看看越冬的万物
谁最先冲开泥土的冻层
空气里包裹一缕淡淡的歌曲
一些建筑物仍有遥远的呼应

满树梨花一层层打开
向着自己的心
我一直坐在树下
哪一种姿态才能阐述正确的年轮
不否认独上树梢的月不完美
上弦或下弦，看不清它的冷静
准备的花期里总是有倒春寒
那是寒冷与伤痛蓄积之后的释放
在等待蔚蓝的日子里
历尽千帆，不坠青云

灾难过后，应该是隆重的致谢
眼睛有约的事情并没有发生
冬天是一只竖起的耳朵
数以亿计的铜钟如期长鸣
星星揉着比泉水还亮的眼睛

蜜蜂们凭借一副翅膀
一根探针，在信赖中
测量着整个城市的体温

我在梦过以后为梦续尾
光辉的句式，一下子畅通
灵魂仿佛拥有了穿越的能力
有一种放纵自己的愿望
竖立在山顶的 5G 基站守口如瓶
如果可以把自己贴上邮票
天高翻阅每一片花瓣的羽翅
忽而鱼跃，推开了月亮的门
正月十五的圆月啊
平安代表我的心

习惯的足音

当我回到古老的庭院
打开窗户，飘落一片青岚
任何风景都可能被眺望
云朵描画出一只蓝色的大雁
它的眼睛像夜里的灯火
伤口是光进入内心的地方
太多的痛苦没有被看见

一株玉兰树，无论旋转多远
去年枯萎的草和泥土的驰援
花苞初开，没有怒放的尖叫
也没有刺到蕊心的震撼
风有风的影子
雨有雨的质感
已经结茧的免疫系统
把风霜的闪电刻进花瓣

皱巴巴的湖面镀上一层冰
落叶带走很多人嘶哑的喉管
没有多余的雪走下山来
洗干净人间的花园
当我弯腰扶起

自己在地上的身躯
突然意识到：跌倒的树枝
听到一种习惯的足音
很远很远

四　我的孤独是一座花园

生命是个人的画板
不需要涂抹他人的感受阴晴
平行的直线躲闪感恩
各自的沧海凝固无风

初心

我曾是与太阳相识的
一行五线谱
有足够的勇气
支撑梦想绽放的过程

每一个春夏秋冬
深夜清晨
都用力去生存
穿山越岭时
雨敲打着火星
写下一串忐忑的省略号
每个人都有各自的过去
和一次次重载与苦痛

海水在海水中长成
成长就是将哭声
调成静音的过程
到什么时候
打翻了春天的阳光
让生活染上了陶醉的表情
所有的花芽、嫩枝
和尽撒山坡上的星群
沉淀在海底水母的帐顶

在横箫和竖笛的晚照中
山谷里多了时空
无穷深处的宝藏里
露出一枚白色康乃馨
不必邀请太多人分享
除非心能够贴近、再贴近

——不是世界选择了你的沧桑
而是你选择了这个世界的初心

爱在天际

一

对这个冬季所有的期待
遇见漫天飞舞的雪花
雪下了一场又一场
路走了一条又一条
人生只是一幅画
冬天很好，帷幕缓缓落下

二

我的吻直达记忆的云层
永恒地睁着失落的眼睛
被雪覆盖的亲情是永远的主角
曾经蓬勃地盛开或枯枝般谢零
朴素的安宁从不张扬
不是不寂寞，只是不想说

三

虽然向往自由式夜的空隙
转身走进哀婉的黄昏
月有圆缺，人有阴晴

需要一个地方安放灵魂
有一扇窗等着我打开
有光透进来
不能化解的一帘幽梦

四

把悲伤留给自己吧
不必理睬奔西而去的鸦群
生命是个人的画板颜料
不需要涂抹他人的感受阴晴
平行的直线躲闪感恩
各自的沧海凝固无风

五

灵魂中潜藏的源泉必须喷涌
吟唱着奔向海的漂泊
请不要用天平来称量
感恩是心灵成长的养分
勿被锱铢遮住弱视
有更大的世界摇曳着
微薄的希望

六

不要以为枯萎会断送梦魇
心底涌动每一寸思念

我希望春天覆盖扑面的轨道
所有的站牌都写着六月
就算世界上没有童话
也没有令人窒息的七月

七

城市里的高楼遮住了视线
每个人像一座飘浮的孤岛
有谁愿意雪中送炭
可能有人为你锦上添笑
太多的人读得懂风花雪月
有的人却走不出沧海桑田
魂牵梦绕

八

青春是一道清纯无解的代数
一部弄巧成拙的空调
一个达不到彼岸的桨橹
一幅色彩鲜艳没有主题的挂图
第一千个选择失败后
还有第一千零一个要求回答

九

周围是一片净土
和一朵勿忘我，纯白无瑕

灵魂深处种植一个花园
如果喜欢世间的叶和果
就变成雨滴去亲吻它们吧
其实迎来的是收获之季
和珍藏在怀里的熟豆荚

接受平凡

记忆的风筝飘回花季
腰杆挺直像一叶风帆
年少轻狂划波斩浪
来到这个世界就是为了
——看见灿烂

偷偷阅读着
太阳的神秘语言
远方高举着
一本不愿平凡的英汉词典
为了追逐梦想的影子
你的回答、我的回答
争夺天空的星点

我们被挟持着往前奔跑
多少行足印留在沙滩
多少次展翅欲向远山
留恋一望无垠的油菜花浪
读懂雪落无声的冰冷银杉

生活是一只巨大漏斗
像蒲公英一般飘逝
只有速度，没有终点
愿望的太阳沉没了

梦
什么也看不见
生活送走了绚色的梦幻
岁月的蛛网若隐若现

一种对肥饶土质的渴求
成为稀薄无助的孤独感
苍鹰轻抚伤痕
泪流遮面
跌落在窗台上的花瓣
已经疲倦
脸深深地埋在手掌中
不愿意说
笔挺的橡树为什么折弯

把凯旋门的寓言交给年轮
和一株花期已过的紫罗兰
渐行渐远的云端滑落指尖
脚下，密密匝匝的落叶提示
目光不必在那里蜿蜒
应该用双手掂量人生
更看重果实而非花盏

朋友，让我们说
接受平凡，享受平凡吧
一对鸽子回归山谷林间
在谦卑的屋檐下
依偎取暖
尝一道人间烟火

喝杯茶，写封信
幸福就是包围我们的光圈
应该珍惜的东西像河水涓涓
每一个时刻
都是珍视的天上人间

阳光射进翠柳的栈道
鸽哨声荡起自由的秋千
一片小叶子回应森林的合唱
风轻云淡，安静了心的港湾

走回内心

今天的生活太过喧嚣
我们被挟持着来去匆匆
经常忘记自己的存在
一尾漂泊天涯的白头巾

在高耸林立的水泥森林
找不到唐诗宋词的意境
秋浓寻蝶不见萤
芍药有情冷画屏
梧桐树，三更雨
肩膀上溅湿了条条水痕
枯萎的树丛秋意已深
岁月的懵懂雪埋柔情

社会输血管
由虚幻世界的网络组成
流量转起来更新万花筒
谁举起都市一束霓虹灯
约会金杯银盘碰盏之声
拉菲的酒浆中盛满豪兴
躁动的血管里猩红潮涌
这个世界人人都很急躁
飘绿的股票没有红灯笼

能不能把日子过成诗
还能不能找回安静
一个月夜
一杯香茗
娓娓道来一缕琴音
雨打芭蕉
青阶滴到明
诵一首诗词
晴朗数星星
凝神谛听流逝的光阴
足以生动所有的窗棂

在飘雪的日子
心会不会找到感动
有人站在冬天的站台
臂弯的雪绒花拥抱重逢
并蒂莲花绽开在湖心
风筝的线绳握在手中
凡是感动都是美丽的
可以融化世界的冰冷
感动中国的故事让人感动
更贴近那个叫灵魂的域名

依然演绎尘世的风景
在某个路口丢下理想的顶层
拼命搂住季节的烟云
在某个角落失去清风的博文
生活也许并不需要太多灿烂
却需要自己的颜色和安宁

期许一场花开的绚美
静待一场叶落的深沉
尽管活得并不轻松
请填写一枝花萼
一团绿影
一份喜悦
一种感动
每临悲欢有静气
走遍世界
找到一条走回内心的路径

幸福在远方？

没有手的人
羡慕雏鸟觅食的能力
没有腿的人
羡慕兔子奔跑的长度
双目失明的人
羡慕看见海棠半含的晨露
听力障碍的人
羡慕听到潮起潮落的脚步

没有家的人
羡慕窗前浓密的风铃青竹
春宵寒，望月无寻处
没有伴侣的人
羡慕火红的木棉依偎橡树
秋雨夜，共剪西窗烛
没有父母的人
一锅粥香弥漫的天伦
羡煞子欲养而亲不待的孤独
久卧病床的人
羡慕健康这一本无字经书
一次日暮燃烧血液的瀑布

年轻的人
一无所有握空拳

羡慕未来的掌声和花束
年老的人
自古功名属少年
羡慕谁的青春谁做主
为何风景他独好
草色遥看近却无
你站在桥上看风景
有人却在楼上羡慕

当停下了追逐的速度
把人生的篮筐细数一数
自信人生二百年目标已竖
会当凌绝顶选择的路
朦胧淡月云来云去
山路崎岖漂泊寒雾
桃源如近复如遥
创世艰辛叹江湖
一花一世界
一曲一歌赋
太阳的金苹果
落在流浪的双足

——幸福永远站在远方
也许是一个美丽的错误

收藏自己

有一天，突然发现
自己的人生也是一个故事
今天收藏了昨天
一点一点，芦苇白了
有一天，突然发现
自己的人生也是一个事业
明天收藏了今天
一片一片，渔舟行远

收藏人生的经年云烟
踩出记忆和向往的转弯
一个个脚印连在一起
往返于百种春夏秋冬
夏天太热，冬天太寒
上或无路，下又艰难
在踯躅前行的路上
挺拔，早已成为盾片
记忆卡存储的空间里
渲染了许多已经淡忘的光线

我的麦田正在燃烧
由于眼睛的疼痛
沉默的血管突然膨胀起来
不知道遭遇什么样的袭击

北风摧折了柳枝枯尖
被冬夜笼罩的灌木丛
用天生高贵的语言
抚摸风信子留下的伤口
学会分辨
什么是黑、什么是白
然后泪流满面

秋风起了
炊烟斜了
花开花落
童年中年
幻化成了固定的方格
藏在小木屋、运河边
在万物苏醒的地方
装满了言语和符号
不一样生动的碎片
人生就是一场修炼
五味杂陈也有青涩的美感

无意搅动现实
坐在门前石凳上萦绕万千
点起一盏灯
盘点一番
那些曾经雀跃的世界
捧在掌心
就像道路通向海岸
谁会在意零碎的步履
经过一夜风干

它已成为一个深奥的山堑
平淡地呼应嶙峋峥嵘的巉岩
或许隐约望见
此时正欲策马，蔚蓝深远

即使过去和现在凋谢了
我曾经使它们饱满
在熄灭黄昏的时候
是不是已经太晚
请端详我的脸
哪怕被枯树一样嘲笑围观
哪怕无法感动
那些不被感动的心弦
生命无须太多陪衬
抹去孤影的排列
把心轻轻收藏在里面

心路独舞

湖边，一只丑小鸭的脸上
落下浪漫飞溅的水珠
百灵鸟把春风越摆越高
空荡荡的心中搅拌孤零零的鼓
当袅袅倒影清晰的时候
白天鹅起飞一泊明湖
我愿意听到这样的故事
在一本童话中打开自己
知道想要什么样的春秋

落日暮色的锯齿琢出纬度
夜色沉郁流连清醒的北斗
当青涩的年轮变得丰满
陈旧了的青春沉淀屈服
成长是沧桑深沉的音响
跟从自己的心路独舞——

你可以设想我的小屋
一切都是想象的样子
在青草的诗词里呼吸
一杯茶、一支笔、一个书橱
无论风往哪边吹拂
不再刻意别人的好恶
天气转晴，从太阳里采集光谱

阴云密布，给内心投下雨雾

有那么一个时刻
开车到了山前
畅通无阻
或者堵得一塌糊涂
抬起头，送一行行大雁归路
伤口上的白霜，告诉脚步
遭遇过，十级风暴
每一天都说一句，接受
屋檐下栽满了不怕冷的松竹
一颗叶形的心，灼热的
呼吸，墙不再稳固

你给世界什么姿态
世界还你什么样的省悟
嘶哑的海域此刻无风
微笑是不可磨损的元素
重复和旋转
开始和结束
与远山有个长长的约会
集合起栀子花、天鹅和
星座的队伍

生命里有门功课叫 "接受"

我看见，蜻蜓点水的翅膀
摇摇摆摆，略过城市的脚步
指缝太宽，时光太瘦
多汁的岁月让荒唐隐退
遥远的景山
近处的船坞
日子已经折旧了
月亮从一把镰刀
变成了一盘银珠

值得赞美的事情很多
值得哭泣的事情很多
白天在大地上急促行走
夜里带走星星的咒符
生命里有门功课叫 "接受"
雪打过的蜡梅掩埋屈服
完美是多数人的选择
但不一定是所有人的等候
原谅所有的不堪吗
心需要打开一些缝隙
好让阳光照进宽恕

雪地里，脚印绕了一个圈
感受到了陈旧的丰富

当世界无情时有多情照顾
当世界多情时飞出歌赋
期待瑜伽将脚踝绕到脑后
心里有光，承诺如初

丢失的家

曾经，我有一个家
一个最温暖的地方
上锁的抽屉里，珍藏着
儿童时代爸爸拍摄的照片
下学的路上雨滴不停
一把精致的红雨伞
撑开一盖晚霞的光华
我还有一盏床头的台灯
阅读妈妈为我积攒的童话
向往人生的凯旋门
晴朗会舒展雨丝的睫毛
风速将青春一次次拷打
躲开风雨，远离高压
世界在我肩后
有一个安全阀

可是——
我丢了
再也找不到的家
与生俱来的牵挂
棋盘上的寡言的老将
经年不败的白百合花
……
摔落的慢镜头

几乎将灰色的灵魂挤垮

就在心跌落的一刹那
鹰一脚踏空
无力自拔
他们去了远方
带走了炉火、翅膀、纤绳
留下了诗歌、脚印、手帕
告别，是让人难以习惯的深渊
墓地与人间
只隔了一层陈旧的窗花
灯火照不亮一盏青灯
心被一副凝固的镣铐绑架
跌倒在那片因果成荫的枫林里
黄昏退潮，吻落一泓苍霞

触摸不到的幸福
从来远在天涯
远方的幸福是多少痛苦
这样残酷的答案谁能回答
多想回头望，把故事从头讲
我流浪了一个个晚上
从冬到夏
一片雪花转成两片雪花

多汁的岁月过去了
一棵树早已出神入化

这里生长出一个坐标
凭着感觉的节拍，正在
重复着同样顽强的血液
和一个冬天的童话

我的孤独是一座花园

虽然黎明并非顾虑重重
每一扇紧闭的窗
藏着一个不敢触碰的曾经
我看见从前的街道空空荡荡
庸俗和孤独，两道虚掩的门
生命皱缩成一枚手足无措的坚果
被一顶礼帽概括了激情

人在月光里容易漫游
像一朵云，在
绿色和棕色之间张望停顿
天空的色调会不会改变
用什么颜色形容眼里的秋风
灿烂如一望无际的麦浪翻滚
阴沉如风过留痕的灰白条纹

所有的语言都显得苍白
锯齿般的细缝挡住了和声
河岸上的小木桥不堪重负
飞蛾把花瓣踩成一片泥泞
我在不断地跌落或者攀升
桂花树下，落满了一地花芯

把生命变得美好是自己的事情

每个人头上
都有属于自己的一颗星
只要伸出手，牵牛花依然攀缘
孤燕飞过，把路标
交给了屋后的花溪和一壑雨林
睫毛上沾满了，春天
忠实的染料，大笔写意
泼洒出一片迎春花丛
当诗从柳枝上垂下来的时候
最适合朗诵
捧在掌上端详，一个画展的流程

即使宽容超越了远方的沙漠
在梦的边缘，钟声又一次苏醒
内心有一颗坚硬的核
继续用萤火点燃笔直的剪影
很多不能领悟的光谱和虚无
不曾后悔，握紧自己的透明

退出春风

我庆幸自己已不再年轻
不再害怕新生的鱼尾纹
也看不到昨夜的泪痕
假如有台时光机任我选择
就点今年今日这个时辰

穿过了一座沸腾的森林
一株绿茵缺席万木葱茏的回应
不怕在岁月面前显得弱小
年轻的树木还在努力生长
争夺晕眩的天空

落叶和新芽的链接有千百行
命运仅仅眷顾有指引的鸿
不在乎时远时近的足音
航道上穿梭的蜂群南来北往
被挟持的箭矢找不到凯旋门

一次次感受海水的变幻
掠过山峦，草地，解冻的涟漪
仰望天空，没有一颗星星照耀
没有月光，没有花朵
也没有天鹅绒
飞起来的风铃停在云端

躲闪的眼神，只能
拼接梦游里的蒲公英

立在花茎上的那枝紫云英
年年春天更换一次姿容
不需要再一次押上未来
在青草压倒的地方退出春风
贪心的蝶翅，丢失了
纯银一样的风筝

当周遭的世界变成了布景
长长的睫毛倒映出春江月明
要那么多光芒干什么
有时候要懂得拿起剪刀
抚平结疤的弦
告诉纤弱的琴

和所有步行的人一起步行
夕阳在岸边留下一盏路灯
停泊的天平，早已
省略过丰盛的酒盅
只要玫瑰和剑芒交替合成
底蕴像封印一样的自信

北大遐思

那天重返北大的校园
我迷路了，竟然不识路径
记忆在哪里断片短路
未名湖、博雅塔、朗润园……
很多记忆消失了：
女生楼、三角地、大饭厅……

一个百年老校显得簇新
应该赞美还是如何评论
想起北京陈年的老胡同
被拆的时候很多人落泪了
它传载了时代和历史的沉重

返校的同学都变老了
男生女生，岁月无情
七七级，他们曾经骄傲过
有过云彩被泼上墨汁的青春
走进最高学府的脸庞还很年轻
百分之五的玉簪花
步上春天的绿萼
唤醒热烈响应的每一株草茎

振兴中华启动一轮思想
继续北大性格鲜明的部分

在未名湖呼吸的地方
许下一个像封印一样的承诺
达则兼治天下
穷亦独善其身
我们不属于自己，而是属于
那个目标、那张远景

每一棵树都有端举江山的责任
每一片帆朝天边扬起阅遍星辰
经历了春寒，冻僵过的手指
拨开绿苍苍的芦苇丛
拉满了弓，磨砺的箭
张开双臂拥抱改变旅程
学四食堂角落最贫悴的精英
抒写历史是一生高贵的修行

随着暮色在身后合拢
困倦的荆条退出了喧闹的天空
也许有人的箭矢落地
花瓣黯淡，他国谋生
还有些螺贝撒在山丘上
虚伪的残月偏偏照顾条条皱纹
芳华悉数交给了奔波
朗诵者从日记索引发出了低音

有心人拿来一本照片簿
从一九七七到二零一八的年轮
每一次黎明和黄昏相依为命
旋转的齿轮难以把脚印涤平

我珍藏着"街上流行的红裙子"
它常常招惹北大青鸟的歌声
万花筒是否逆向转动
永远保鲜挺拔的姿容

你问我爱燕园有多深
太阳太强烈，湖水太温情
我和北大有一个契约
盖满一年一度的手印
下一个十年，五月
——晴天、阳光、步行、寻梦
能不能不再迷路
贴近百年积淀那份厚重

——写于 2018 年北京大学百年校庆

岁月有一种不动声色的力量

五零这一辈
生在新中国
长在红旗下
是最骄傲的贴纸
如果谁叫国庆
不是同日
就是同岁
有幸与共和国一起举杯

一

相信他们编写的童话
被摇撼的记忆温存地闪烁
星星点点拼接的万花筒
云儿缠住了风筝的后缀
明亮的教室粗糙的铅笔
接班人的歌声响彻云帏
老鹰捉小鸡的欢笑
铁环滚滚卷进余晖
北海荡起乘风的双桨
香山摘一片叶映霞蔚
小河边，鱼竿弯弯绷紧水面
少年宫，乒乓芭蕾雄雌优美

正逢物质匮乏的时候
共和国百废待举刚起飞
穿哥哥下放的衣裤
和妹妹盖一条棉被
三根筋挑着一个脑袋
两分钱的糖果很好味
母亲干瘪的乳房喂养了
最幸福的花儿朵朵
他们以为世界上
三分之二人民在深渊受罪

二

所有的花枝和嫩芽
必须经过一番霜打风吹
天安门前的红海洋
躁动的向日葵点燃了柴堆
把自己身体内的热血
填满田间的每一个沟垒
耕过地、施过肥
吃过苦、流过泪
广阔天地的少男少女
以为风车犁铧大有作为

内蒙古草原吼叫的狼图腾
黄土高坡瑟缩的羊羔尾
散发浓郁气息的黑土地
蓄积没有走出北大荒的泪水
拎着一只吃不饱的胃

多舛的一代十年不蜚
酸甜苦辣酿的酒
喝了一杯又一杯
学会了忍耐
经历了火淬
最有限的营养
献出了最丰富的回馈
省略了斑驳的过程
每一张底片显示伤痕累累

三

泥土被季节翻弄
乡村的茅屋上捣鼓如雷
跌倒的命运
开始了崭新的姿势
一九七七的高考
抓住了青春的末尾
结束了读书无用的荒唐
图书馆前十年饥渴的长队
从乱石堆砌的十里羊肠
谁是挤过独木桥的拔萃
受过命运齿轮的噬咬
竭尽了全力
交足了学费
重新主宰命运的
舍我，还有谁

伤痕文学的伤痕犹在

真理标准争论激荡心扉
经历了国家壮哉的嬗变
贡献出血液里深情的精髓
看破红尘的落英随风而坠
不甘沉沦的椴杨春叶葳蕤
岁月有一种不动声色的力量
他的黄皮肤沧桑起伏
她的白头发已少墨翠
喝过的酒、做过的梦
想过的人至今刻骨
鲜花和掌声全部打包
也无风雨也无晴微

四

有时候
风不是云的追随
星不是夜的相陪
黄昏已经把梦剪成烟霭
五零后面临告别式撤退
谁透支了今年的阳光和雨水
谁打乱了白昼和夜幕的经纬
谁安享天伦甘愿被啃老
谁的字典里没有划去凋萎
一再地蜕变
一再地烘焙
不必试图以微笑
掩饰一生的惊蛰与交瘁

感谢泥土的厚重丰泽
培育了最经折腾的前桅
尽管围墙的一角坍塌
共和国的脊梁不会颓废
赶上了不寻常的年代
阳光指引向更深处宏伟
一生无怨
无愧
无悔

学会感恩

感恩是一种美德，也是一种能力。

——题记

我曾经给了他九个鸡蛋
第十个希望他自己去挣
可是——
只懂得阳光盛开的引领
忘却了黑夜照亮的月影

生活从来不是天籁童声
一盏灯为什么点燃另一盏灯
没有任何得到理所当然
维系的丝带绣着付出和感恩

"第十个鸡蛋"输掉了亲情
叶子的离去留下来寒冷
一行跌落的尖刻冰凌
击败了应该感恩的火种

当年轻没有年轻的时候
双眸里不再有泪蒸腾
心封闭了所有的路径
任性的月晕把记忆涤平
自由的眼镜佯装深沉

躲闪的烟头
泯灭了与慈祥离别的时辰
心与心的遥远已经浮现
我久久不愿睁开
自己的眼睛

书还没有翻到最后一页
铿锵的情节看不见背影
《命运》还没有开始弹奏
简单的练习曲就滑到尾声
哭泣的理由感叹无梦
怅然至今没有感动的心灵
已经走调的青春
在唱不出歌的枯井

双手拨开凉冰冰的树丛
远方的风比远方跟踪高深
也许远方除了遥远一无所有
三十岁的蓬勃，必须飞行
也不要把门砰然关上
因为还有，回来的可能

薄凉戳穿了脆弱的窗棂
睫毛下，看不到了昨夜雨风
是的，亲情不应当随意挥霍
人心有各自的准则与标准
善恶有报是最通行的哲学
饮水忘泉，芝麻从此不会开门

人生是一场环环相扣的旅行
无意改变唇齿交错的曾经
心若有爱
摸得到地平线的彩练和塔松
心若感恩
遇得见成长的增援和纤绳
人若成长
天空麇集了大雁和鲲鹏
没有一个馈赠需要偿还
只要有一颗感恩的心

一张白色的 A4 纸

收到一个密封的漂瓶
藏着一粒种子
期盼有一次幸福的耕作
让绿叶陪伴茂盛
让花朵亲吻花朵
只要找到土壤和肥沃
无论亲情、友情或是爱情
它们都有阳光的妙用

当温暖的黄昏掉进黑夜
年轻的种子落入一道水涡
浪谷挟裹着泥沙涌来
一双手拯救了它，问
让胚尖继续唱翠绿的歌
可是——
没有了坚定的硬核
不愿争夺天空
不肯让嫩芽闪烁
仿佛中了千年的魔咒
丧失了生存的执着
对面坐着的镜子
开始变得沉默
已经起皱的书卷
熄灭的灰烬里住着风

住着空荡荡的寂寞

生生不息的草木枯荣
张口喊出和人类一样的痛
怕风、怯雨和冬天
逃避任何生长的风波
怕梦里的震动将床榻动摇
怕墙上掠过巨大的飞蛾
时针叹口气，长话短说
种植期和生长期已经错过
风吹走了未来的谜底
已经不需要预言
告诉结果

我怎能不哭泣呢
为了一枚绿色的失落
一次生命的耽搁
更为了这样年轻
还没有表达自己
开始真正的生活
为什么不等到黎明那一时刻
是啊，一切都没有发生
一切已经发生过
当你老了，身下坐着
一张白色无字的 A4 纸

陌生的蝴蝶

墙角的玉兰想了半晌没开
一行泪悄悄落进了树丛
月亮抖出最后一个圆满的音符
谁伸手撕裂了一缕清风
草地上，两只蝴蝶
顾影自恋地煽动着翅膀
我爱过它们曾经单纯的眼睛
可是现在
一朵是黄金，一朵是白银

早晨的大街上
跌倒了多少不愿清醒的灵魂
偏执的雾霾
松开了松树和松针
打翻的酒盅
涤平了记忆和记性
北风把石头都吹瘦了
路的尽头有大片森林
当古老的橡树沉睡后
在生活了大半辈子的城市
我迷了路，找不见回声

那个除夕夜没有给我惊喜
太阳太抑郁，水纹太深沉
把地下的积雪数了一遍
岁月的赠予，究竟有情亦无情
天格外冷，河水继续流逝
虽然不知疲惫，却结了冰
捧着墨绿色的苦衷无法展示
我的心像一份痛苦的标本

不愿意饱满的枇杷只剩下寂静的核
不愿意天空再无品字形雁阵
不愿意蝴蝶的翅膀不再柔软
不愿意墓地的鲜花彼此陌生
不知道这个金丝鸟笼是谁画的
那么窄小，无聊的作品

坚硬的天空下，站成一枚钉
唉，任性踩住了我的倒影
一次次想踏着落花跑回家
一次次把心摔成飞溅碎冰
无力填补锯齿般的空白
也不必删除所有的脚印
家里面住着美丽的童年
门外的路却已蒿草满径

每一桩往事都被吹得偏离方向
也没有找到打开蚌壳的锁柄
挽不住的夜色把梦剪成雾缕

让我久久不愿睁开眼睛
相信人与人不会成为废墟
内心为什么遇不见内心
明亮的草地也有说不出的伤痕
橘子在树上顽强地泛红

从选择开始

一

两棵向日葵同时播种
一起生长
相依的枝叶交谈正欢

突然间，雷声在天边滚动
树丛疯狂地扭曲、拍打着
西边的一棵摔倒了

它开始埋怨东方的太阳
并发誓不再朝向东转
它们，从此陷入了沉默

二

两只雏鸟在练习飞翔
刚开始，飞上一片绿灌
会像石头一样坠入地面

一棵梧桐树站在旁边
它不希望挫伤娇嫩的翅膀
伸出枝叶，像一朵硕大的降落伞

从一棵树飞到另一棵
羽翼丰满，有一只
据说迁徙到太平洋的另一端

三

闪电般的年华，从选择开始
或许我们追求了一生
仍要从追求本身寻找

阳光照不到的地方
生命就会坠入黯淡
一九七一年的日历和二〇二一年相同
五十年，算不算遥远

美丽的末路

曾经都是在雪中行走的人
当青春突然有了飞的自由
奔跑着，朝向地球的另一边
画眉的微笑里有一种傲娇
光明的灯塔下洒满神话
仿佛，只要伸出手去
金石榴就会落下
挣脱贫瘠的蛛网，展开翅膀

时间已经走了很远很远
度过了太多太多的风浪
细密的涟漪
缓缓拉锯着青春和中年
光阴的利刃
雕刻出磨难和孤独的形状
谋生，随时涌来改变坐标的霜降
他和她，抹去了心中曾经的雕像

雪下了很久
被撕裂的天空，云翳
厚厚地覆盖着伤口
病毒和严冬合谋
阻断了几十万人的呼吸
一个又一个生命被遗忘了

没有光，没有月，也没有合唱
难道一切深渊都是灭亡
难道一切灭亡都覆盖在弱者头上
一个个粗大的问号
那团墨汁后面，却有树叶鼓掌

说什么岁月无澜静好
说什么生活一如既往
每个人都有说不出口的秘密
耶稣的祈祷遮不住错愕的伪装
企图寻回自己熟悉的面孔
只剩下几枚神秘的硬币碰响

心中虽有雨滴，初心未忘
我还是这块土地上的一株白杨
风声雨声可以改变它的枝蔓
北斗星总在仰望的顶上
人生的输赢已不重要
国家天空晴朗，鹰才昂扬
一条鱼儿跃出水面
把沸腾的潮汐溅在我的脸上

所有的物话都有来路和归程
有一种低沉的回响成为过往
不管清醒还是梦中
庆幸站立在中式诺亚船舱
生命或短或长
我们可能注定成为背景
但身后的挂图已不一样

当个人的命运遭遇美丽的末路
就注定了一个背影负累苍凉

点亮自己的灯，让心飞翔
等待一场场雪被太阳埋葬
假如我们的灵魂注定要分路
接受各种形式的告别
只是不愿意破坏记忆
最后的一点残量

五　香江无梦

乡思枕着陪伴的臂膀

紫荆花倾情缠绕银杏树冠

黑头发嘱托飞鹅山

加固这一片陆地的钢缆

香江无梦

当漫长的谈判已经结束
当船只走近了照耀的港湾
当零点钟声
标志性地敲响
一朵礼花点亮五颗星星
竖立在
并不巍峨的太平山顶端

当千万双眼睛
凝固瞬间
流浪的紫荆
回到家的花篮
唇印和泪流结盟的爱情
为这一刻
备下焰火和光环
明天的日出
驶过滂沱大雨
拥抱所有的温暖与片断

经过夏天的淬火和孤烟
谁先嗅到了秋天的感觉
落叶仍然散发着
旧日的气味
残花情愿依偎在

败柳的情怀
风球张开了河马的口
抓住温情的太阳
沐浴黑暗
鲨鱼膨胀为庞大的漏夜
法槌追逐魅影骚动的雨伞

窗外的街景
曾经美轮美奂
不相信
游荡的阴影日夜攻讦
白蚁附着在沙砾的表面
涂抹荧光剂为了表演
一群灰麻雀
登堂入会
戴爵的模具
有上百条证言
牡丹花粉过敏症患者们
每一次集合都幻想摇撼
匍匐在四周的漩涡
眨着危险的眸子
走到了罪与罚的边缘

当黄皮肤灼热的视线
用不稳定的声音
追问木棉
风偷走了雨的故事
杜鹃怎样与雀群论辩
佯装"自由的元素"呢

究竟是透明还是悖言
冰凉的泪点
追呼法仗论剑
没有了方向和忠于
人啊，什么也看不见

预知梦里可能的患难
花店提前出售了
月季和蝴蝶兰
不敢留恋栏杆上的春色
归来的初恋藏进大屿山
当月亮从左边转到右边
铜锣湾摘下酸痛的双眼
香港有梦吗？
回家路上
预约了一个
流经肺腑的祈签

七月，向往的速度是
海底两万里
站在穿梭的渡口
等待一场春暖
任离群的狗狂吠不止
应该把它关在大门外面
街道被清洗得干干净净
希望它的命名从此改变
让五千年的足印和河山
浸润嫩枝上
悬挂书声的校园

乡思枕着陪伴的臂膀
紫荆花倾情缠绕银杏树冠
黑头发嘱托飞鹅山
加固这一片陆地的钢缆

港湾之问

当钢筋混凝土困住城市的身躯
陷在混沌的泥沼里沉睡不醒

港湾不像从前那么安宁
黄昏卸下曾经辉煌的背影

浪花在天空中已经精疲力竭
蝼蚁殷勤地点缀他人的画屏

水泥森林上居住着发呆的记忆
黑压压的螳螂，眨着危险的眼睛

没有人嗅到他们的渴望
上帝不愿意捡起一粒微尘

冷峻的海岸被波浪狠狠推了一把
街道上，长出锯齿般的黑影

仿佛听见玻璃幕墙上一声脆响
一根根管道裂开，宛如刀锋

我厌倦了风云雷电的谎言
那些患有自闭症的键盘在移动

苦涩的海水还能承受贪婪的漩涡
谁用宝贵的青铜编造自由的风旌

不能再帮你拧紧松开的发条
秒针突然不想跟随分针和时针

拳头已经攥了很久，血色殷殷
不见硝烟，远方渐渐下沉

狮子山下，一支被遗忘的老曲子
突然间砌出泪痕

雷声越来越近了
最好的结局是一场大雨倾盆

隐匿的黑色

> 我为你雪中送炭
> 你却用炭把我烫伤……
> ——题语

这里只是世界一个狭窄的点
穿梭的车辆复述奔波的艰难
海水的气息飘来苦涩的味道
羽毛蓬散的棕榈传递着谶言

那个秋天任性地疯狂了
以前不知道乌鸦会撞坏蓝天
像一只只黑魆魆的弯钩
啄蚀着香江战栗的花𦿗
一篇宣言，只印刷标题
聆听一个指头上狂悖的错别字
演绎着连小说家也惊悚的错乱
不分黑白的涛声
声声拍击，令海港疲倦

阳光顺着墙根溜走
经冬的榕树沉默着
被一把切金的弯刀狠狠地伐砍
叶子落下的地方
是大地母亲的悲伤，她

眼睁睁地看着堕落的罪证
无奈摘下了自己的双眼

这座城市并不缺少风烟
只是繁华掩盖了闷热的考验
从来不相信蛇的微笑
阖上的眼睑并不是睡眠
无论世界的风往哪边吹
谁让这个城市再次发炎
虚无的信条来自于
成堆的黑色肥料
作为更深的黑色隐匿在港湾

海浪和沙滩之间
有一面破碎的镜子
海底的礁石和丘壑
刺破了陈旧的驳船
这不仅是一次肆意的汹涌
有人相信，如果否定了
一幅星星舞动的飘扬
一曲肃然起敬的经典
他们伸手就能碰到天
如果你非要一个过时的天空
筑梦的陆地
阳光在上午温暖了另一座桃园

帆已离去

过去了，那阵雨
一个喧嚣的秋季
无歌的城市两手空空
遭遇突然射来的箭矢
腐败的残叶被裹挟其中
吹来了，第几阵寒意

光束困于无边的黑洞
和大浪湾危险的回忆
不会游泳的逐浪者
穿着黑衣
以为一条黄丝带所向披靡
像一根自焚的火柴
把城市的伤口揭开
发出肆虐的威逼
起风了，冲锋的冲锋
繁殖的繁殖
灵魂变形，从危险的眼神开始
错乱的青春，自愿
变成下一个凶器

迷茫的石砾喜欢暗红的火焰
维多利亚港无力抗拒烟邑
波光粼粼的疼痛

从没有扎紧的篱墙里涌溢
路边的灌木垂下头，已经
陈旧地死去
现实如此坚硬
奔跑的大海
找不到一片安静的心
连水泥搭砌的森林也无法形容
它们目睹的野性和战栗
即使在火熄灭以后
每一个真实都被风吹得偏离

有人捡到一颗鹅卵石
砸向一座灯塔
这是大海花纹最温暖部分
它的光芒始于黑夜升起
我们手里已经没有灯笼
阳光下的罪恶也被埋匿
秋天的码头上
我在等待一叶白帆
可是，船早已离去

今夜无光

我要关闭城市的灯光
包括漂泊在海上的月亮
不想看到愤怒的鸦群
不想听到喧嚣的声浪
一群黝黑的飞蛾扑出来
自愿选择了和时代断网
火药和落叶混在了一起
键盘侠成群结队
擦燃越来越野性的磷光

我想关掉整个黑夜
让所有的灯火熄灭它的光量
不想梦见切削的伞尖林立
不想让连发的炮捻掠过耳旁
卫士接不住掷过来的鸡蛋
咫尺之内，丧失了最后的力量
濒死的溺水者让庄严蒙污
期望的破产，或冬天的疯狂

剩下的残星仅指示黑暗
乌云、街道、巫师都没有回响
老虎和狮子寻找它们的猎物
不明真相的飞蛾血管贲张
黑猫蹲伏暗角念着咒语

还有一只装扮成外婆倒霉的狼
上个月的雨又落在了今夜
城市像一艘倾斜下沉的船
桅帆，被人扭曲了方向

善良的眼睛、内心被挟持着
眺望却被掏空了眼眶
夜色，不能再把它作为风景
过时的辉煌渐渐卸去盛装
被荒谬挤压的暗箭变形了
受训的伞墙
遮不住暴力的梢芒
把灯关掉，一个个灵魂
沉入死去的浪花
海港托不起凝固成火的斗场

——当所有人关闭了
属于自己的灯烛
明天，水泥森林拦截了
发出金色声音的太阳

将庄严交还

蓦然间就日落了
漆黑，是天空的一半
沦落的晚霞
被看作烧成灰烬的木炭

当年的海盗
在挽歌中凑近夕阳
被傲慢和焦灼纠缠
跌倒在地，露出身后的剑
蒿草爬上旗杆的肩
想撕碎那年的契约
一群任性的黑蟑螂
从四面八方窜出来
不明真相的口罩封住
肾上腺素灼热无知的血管
他们自愿选择了黑色
并非一次突然
熙熙攘攘的伞学会了
像弓箭一样发射
砸中我的石头
上面写着价格的标签

没有梯子
从天空裁下一角硬币

累累赘赘的根瘤
东江水，必须忍受持续的背叛
他们的灵魂欠了多少账
城市正经历疼痛的断电
没有人相信
墨斗鱼能把大海染得晦暗
浊浪扑跌在红褐色的岩上
海岸一直以拒绝的神情旁观

北斗星仍在仰望的头顶
正义可能迟到，但不会缺编
血，在浪尖上燃烧
谁能做出裁决
将庄严交还

水泥森林遮住了眼眶

希望一个没有白霜的秋分
希望一个数字是零的收缩
台上的主角们自恃有志
他们佯装心平气和
目光回避着沉甸甸的船舵
掩不住嗞嗞作响的焦灼
鳞次栉比的水泥森林遮住了眼眶
一些人只会鹦鹉般地学舌

这座城市一岁一枯荣地踱步
摇晃的步履推倒了水平仪底座
海风吹过沙滩和神的手臂
夕颜和皇后大道一起斑驳——
陈旧的轨道
斑杂的光谱
落到地面的紫荆花
黑色掩护的罪恶
百年难填的沟与壑
……
灯红酒绿的节拍下杯觥谍影
是谁把路标交给软弱的花朵

月一言不发，悄悄地发笑
港湾码头上不停转换轮廓

有人把它的镜子转向大海
里面就会出现海的洪波
有人把它的镜子转向港湾
里面却是一片空白，一个漩涡
海怎么了？
为什么看不见
怀有野心的海水碰到了钢索
这不矛盾——
因为没有心灵之根
钻进被窝后的鸟笼
装睡多过懒惰

成千上万只月亮飘过船坞
而且，每一盏星辰都在闪烁
丝绸般的云朵成群结队
雨点和雨点正在热烈地交错
牵系着白浪花飘带的祖国啊
为了一个更大的轮轴的转动
地平线的弧线
有力地走向时代的辽阔

虽然置身于伟大的风景
总会有杂音打断庄严的壮歌
纳米屋，最后一朵云飘走了
星星比以前更小，更少
背后是精于算计的龌龊
风从流动中带来了冬天
无动于衷的墙上
有一幅西边落日的油画

全身的黄色变成了暮色

溅起的浪花显得疲惫
可是错过的不能再错
虽然并非枯萎的季节
海边传来明珠裂开的色泽
如果不懂得对国家的敬畏
渐渐老化的帆
被裹挟着泥沙和病毒攻破
那炫耀在枝头上的红樱桃
早被别人摘走
正在直播

也去争夺天空吧
哪怕做一片绿叶
回应正在排练大合唱的
珠江长江黄河海河
希望有一场雨
把蛛网上居住的人浇醒——
大湾区的洞房里喜烛明媚
海风掀起新娘白色的婚纱
她将鲜艳的红唇
印上未来的生活

月光最后会落在哪一口井里

那一年，我学习了黑暗
和一枚不辨古今的月亮
我不相信秋的黄叶能被蓝天覆盖
我不相信夜的漆黑能被土地染黄
我不相信甲虫翅膀上有足够力量
我不相信爆裂的豆荚有寂静的核
一个高高在上的城市卸下盛装
红肿的落日贴在它的脑门上

那一年，我学习了轮回
和春夏秋冬永恒的转场
我不相信春天的海滩能抹去葱绿
我不相信阳光下的罪恶不究既往
我不相信撕裂的天空里没有秋霜
我不相信冬日寒蝉不怕困守铁窗
桥上的火车驰过一个个季节
人生没有那么多来日方长

那一年，我学习了循环
过去的因、明天的果相承相向
我相信灾难过后还有暴风骤雨
我相信明亮和黑暗碰撞的声响
我相信螳臂化作浪尖上的泡沫
我相信任何正义都可能被眺望

城市涂鸦师的胡子越来越长
他的作品还是一百年前的模样

那一年，我学习了穿越
一只眼睛看到另一只眼睛的力量
我相信优雅的坠落不需要凛冽
我相信新鲜的青竹适合决断和思想
我相信利剑高悬秋后总会算账
我相信誓词背后还有觊觎的较量
月光最后会落在哪一口井里
我们怎样打捞那一年的陈酿

——虽然走在一条风雨交替的路上
仍然信赖光照、芬芳和沉淀的总量

起风之后

起风的一刹那
海上的一叶蒲帆
顷刻被浊浪吞没
笼罩万物是另一种寂静的汪洋
留下裸露的贝壳和海底的呻吟
一双双混沌的眸子也下沉了
落日成为一个耸听的危言

有多久不曾抬头
不规则的黄昏化作港湾
世界在摆动，珠江在变迁
他们却一直生硬地背着身
只有乌鸦才能轻易打开
潮湿的门扇
看见一座牌坊
蜘蛛网上居住着，墙角的记忆
和一只存活的广翅蜡蝉

仿佛把一片黑云背到身上
披着故意涂黑的床单
有人开始把街道攻占
愤怒的揽炒塞满嘴巴
胸口灌满了抵制和试探

含混不清的口号
是海风遗留的盐粒
夹杂着错字连篇

城市的伤口，被撕裂的天空
宣誓入伏的梅雨
和不再平静的港湾
我不能宽恕叛逆的木头
自愿在雨中腐烂
成为蛀虫神秘的据点
已经习惯了黑暗
反对者呕吐后继续表演
但自知体力渐渐不行
迟钝的疲倦
每一个跌进深渊的战栗
找不到搁置的容器

我不想再讲述落日及其他
身前身后都是一座博物馆
无动于衷的墙上
早年用过的灯盏破旧不堪
怀抱一只嘀嗒作响的时钟
目光习惯在那里盘旋
罗便臣道、司徒拔道
轩尼诗道、摩利臣山
每一任港督的名字都留在地图
膜拜的英皇东西贯穿
戴着别国的假发
说着别国的语言

它们本来应该变得遥远
被钉在一个耻辱柱的年代
但是没有人擦去这些灰尘
脱落的根，反而
不知疲倦地吹着气泡

在大梅沙，我看见一群学生
在沙滩上比赛，排球相握臂弯
轻盈的背影躁动着 Z 世代的活力
他们不会对着潮水慨叹
我喜欢追逐他们的 5G 速度
扬一把细沙
不必对他们讲述落叶与从前

尽管——
裂开的乌云带来白昼的消息
今天是一个响亮的晴天
身边，却有很多要求避雨的人

港湾里的乌贼

繁华的港湾经受着
八号飓风过去的镇静
一艘船坦诚地伫立
没有启航，因为
一道从此抛锚的指令
帆影没有飘扬
汽笛没有长鸣
倒在了冰冷的甲板上
像一场梦
远程没有开始已经结束
不知道
为什么不能出征

褐色的乌贼站在月亮里
佯装不可言喻的笑容
蛀蚀的智齿滔滔不绝
黑布鞋的脚上下晃动
模仿别人的喉管
灵魂一次次变形
反刍的叠句
脱臼的轴承
怎样描述
一种深入膏肓的眼神
突然发现

眼睛不在这里
这里没有眼睛
空荡荡的头颅中
包装着一个空心人
和一扇关闭的门

为了一堆生锈的盾牌
围猎和无为合流
在风中交换白银
乌贼爬上了二十层楼
脚踩巨鲸和浮冰
他负责浇灌背后的影子
陪衬长出霉斑的风景
苍老的胡须纷纷抖动
以鸟语的定音锤
发号施令
但是，影子受潮了
蛀虫丛生
积久不愈的溃疡
受了百年魔法的咒语
像癣一样寄存
脊梁是怎样弯曲的
剩下一片废墟和残月相浑

有那么一个时辰
枪栓开启的瞬间
被"自己人"击中
无奈、无语、正中靶心
台风取得了暂时的胜利

耳朵留下深刻的弹孔
那团墨汁后面
黑暗比阴影更深
萤火虫睡着了吗
有的灯盏尚未熄灭
有的呼喊来自更远的风雨兼程
只有噤若草木的飞蛾
围着虚构的火炉呻吟

如果内心是下沉的破船
不肯把朝阳从水平线上托升
它的肉鳍擦燃蓝森森的磷光
遮挡探究的眼睛
接受涤平底线的吸引
难道船板将被腐烂
飞翔的翅锁进栅门
体内生长出一根骨刺
换一个方向，锁定

要把秋风
磨出一把利刃
修改阳光背后的交易
和那些永远等待的忙音
雷鸣固执地闪亮
抵抗渔翁的网孔
起死回生的港湾取决于
北斗星仍在仰望的头顶

孤岛

城市是流动的花园
曾经拥有一份质朴
早晨推开门
和清洁的阿姐说句话
公园草坪上
彼此点头打个招呼
有一支火热的小提琴
红了眼眶的是《梁祝》
简单而又丰富
我深刻的双眸

不知从什么时候起
早出晚归的鸟雀
将时间花纹模糊
它出没在草丛
和楼宇之间
月白下波涛翻滚
富丽的金币飘浮
既没有永恒的疑问
也没有年轻的回复
痛苦和孤独
是夜晚的主题
冷漠和麻木
是白昼的温度

一个缺乏箭头的指示
是云，是光
是烟，是雾

礁石一动不动
归帆屈指可数
一只蟾蜍叫声咯咯
蜷缩在自家的仓库
一千个日出、日落
两个眼球晶体已模糊
既不能刷新天空
也不能装修大树
充电器远离道路
翠绿青春二月初
被白蚁啃得体无完肤
他的随想曲已经走调
背影被城市涂鸦虚无
还有无数纯洁的梦
任岁月沙尘跋扈

也许伸出手去
抚摸叶尖的露珠
红樱桃就会落在
天空浸染的瀑布
不知从什么时候起
能不坐车便不坐车
能走路就走路
像雨中挺立的白鹭
喜欢坚定的脚步

在沉默的街道上
当我唱起歌
这街道就是属于我的
我把它称作渴慕
碰到一棵棵，熟悉的
松树、柳树、银杏树
人间处处皆颜色
草色遥看近却无
绿与不绿
谁的眼睛谁做主

抬起头，看看
缀满星座的夜幕
缠住了一绺月色
让北斗舒展筋骨
湖边，枝叶茂密处的
那只蝉叫了
阻断泪湿和愤怒
红樱桃深谙哲学
带着一种生命
不可承受之严肃
纵有冰心在玉壶
不是激流，不是宽恕
每个人是一座孤岛
决定自己流放的国度
没有人是一座孤岛
与外界相连的
离心最近的那扇窗户

后　记

　　我的父亲在 2014 年 6 月底因为骨折住院，到 7 月 20 日晚上永远地离开了我们，这是我一生最悲恸、最难过的一段时光。因为母亲 2005 年去世，一生我最爱和最爱我的两个人都走了。

　　失去双亲的悲痛一直撕扯着心。2017 年，是父亲 100 年诞辰的日子，我出版了纪念他们的诗集《守望惟霞》。父亲在离休后出版了 5 本古体诗诗集，我以 100 首诗作为对父亲母亲的纪念，这是我能为他们所做的唯一。

　　一个问题始终在心中萦绕：我的父亲母亲、包括他们的老战友我认识很多，上一辈人给我们留下的精神遗产到底是什么？

　　人生就是一本书。一本书的质量不在于厚度，更不在于外表装帧。我喜欢外表素雅、内涵丰富的书籍，记得爸爸的一部诗集出版后，爸爸的挚友、《人民日报》前总编辑李庄叔叔说过："一生有一本这样的书，足矣。"他们那一代人离开这个世界的时候，每个人的书中都蕴藏着一个伟大的灵魂。

　　从烽火连天战争年代开始的青春，他们为了国家，有理想、肯付出，执着、坚定、忠诚、无私……以至丰富的人生经历养成了大智若愚、有容乃大、重情重义、平等待人……非淡泊无以明志、非宁静无以致远，一个高尚、纯粹的精神世界是人生的宝藏。

　　有一句话说，封面是父母给的，我们不能改变；我们所要做的就是努力写好里面的内容，只要尽力了，就无怨无悔。

　　写毕，感到欣慰，我尽力了。

　　感谢中国社会科学院黄平先生为我题写了书名，我钦佩他的家国情怀与学问。

　　感谢清华大学出版社的支持，编辑们帮助我完成了出版《守望惟霞》的心愿，让一个老共产党员的灵魂在纪念抗日战争胜利 70 周年之际得到慰藉；在 2021 年这样一个特殊的年份，我又写了《青山有幸》这 100 首诗，作为对新中国成立奉献了青春和生命的一代人之敬仰与纪念，他们永远是我"心中的雕像"。

作者
2021 年春

24-04